KB246735

나는 나를 사랑해요

도서출판
명주

명주어린이는 지식과 감성을 씨줄과 날줄로
촘촘히 엮어, 21세기를 살아가는 우리 어린이들에게
지혜의 나침반 역할을 할 것입니다.

명주어린이 시리즈 07

# 미래는 나의 힘

나는 나를 사랑해요

박성원 글 | 최은영 그림

명주

## 우리의 꿈에 미래가 있어요!

2015년을 기준으로 하면 2045년은 30년 뒤의 미래 시간이에요. 만약 타임머신을 타고 2045년으로 갈 수 있다면 여러분은 어떤 사람이 되어 있을까요? 무슨 일을 하고 있을까요? 무엇을 타고 다닐까요? 그리고 어떤 집에서 살고 있을까요? 그때에도 학교가 있을까요?

과거는 이미 지나가 버린 시간이고 공간입니다. 어제 누구와 놀았는지, 1년 전 여름 방학 때 어디에 갔는지 기억할 수 있습니다. 그러나 이미 벌어진 일이기 때문에 되돌릴 수는 없지요. 싫다고 해도 지나간 시간인 과거를 바꿀 수는 없답니다.

하지만 미래는 아직 오지 않은 시간이고 공간이어서 여러분이 마음먹기에 따라 바꿀 수도 있어요. 여러분이 자신의 미래를 꿈꿀 수 있다면 스스로 미래를 만들어 갈 수도 있지요.

선생님은 한 가지 의견을 덧붙이고 싶어요. 자신의 꿈을 발견하는 것도 중요하지만, 꿈을 지켜 나가는 마음가짐도 중요하다는 것을요.

"너는 공부를 못해서, 너는 여자니까, 남자니까, 부모님이 부자가

아니어서, 못생겨서, 목소리가 너무 작아서, 운동을 못해서, 노래를 못해서, 그림에 소질이 없어서…. 그래서 네 꿈을 이룰 수 없어."

　나의 꿈을 이야기할 때 이런 말을 들으면 속상하겠지요. 선생님은 신문사에서 기자로 일할 때 많은 사람들을 만났답니다. 그래서 자신이 하고 싶은 일을 하면서 신 나게 사는 어른들을 많이 알고 있지요. 이 어른들의 공통점이 무엇인지 아세요? 자신의 꿈을 계속 지켜 나갔다는 것입니다. 누가 자신의 꿈을 비웃더라도 계속 그 꿈을 키워 갔답니다.

　선생님은 이 책을 통해서 여러분도 이 어른들처럼 꿈을 이룰 수 있는 방법들을 알려 주려고 합니다. 꿈을 포기하지 않고 꿈을 이루기 위해서는 어떻게 해야 할까요?

　자, 그럼 여러분의 꿈을 이루기 위한 미래 여행을 함께 떠나 볼까요?

푸르른 봄날에

박 성 원

# 차 례

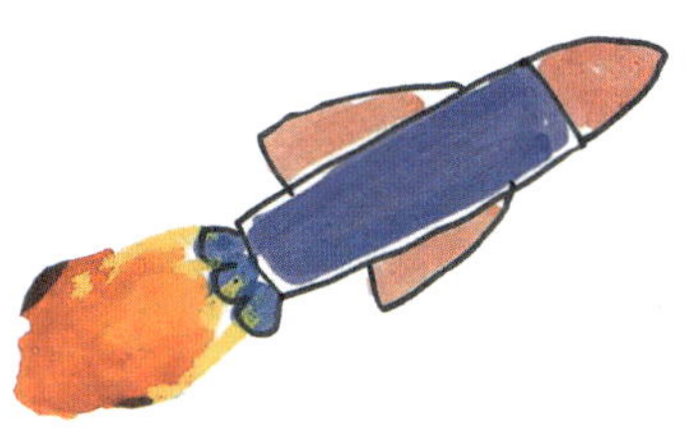

# 1

## 미래를
## 미리 알 수 있나요?

우리가 미래를 미리 알 수 있을까?
연구를 많이 하면
알 수도 있지 않을까?
나는 미래가 궁금해.
나는 꿈이 많거든….
나도, 나도 꿈이 많은데.

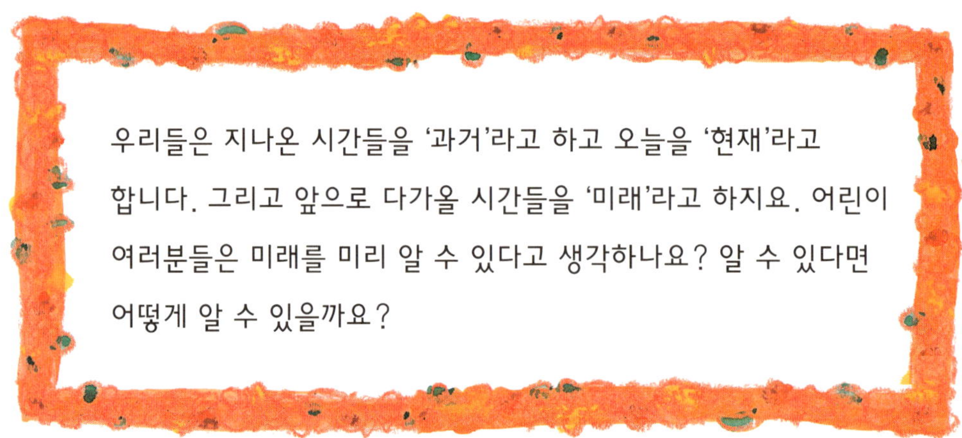

우리들은 지나온 시간들을 '과거'라고 하고 오늘을 '현재'라고 합니다. 그리고 앞으로 다가올 시간들을 '미래'라고 하지요. 어린이 여러분들은 미래를 미리 알 수 있다고 생각하나요? 알 수 있다면 어떻게 알 수 있을까요?

## 나는 나의 꿈을 이루었을까요?

선생님은 초등학교 2학년과 4학년짜리 귀여운 조카가 있습니다. 두 어린이들은 나를 '큰아빠'라고 부르지요. 어느 날 함께 강원도로 여행을 떠나면서 미래에 대한 이야기를 나누게 됐어요. 큰조카 이름은 찬민, 작은조카는 찬영입니다. 선생님이 먼저 찬영이에게 물었어요.

"찬영아, 네가 만약 미래를 미리 알 수 있다면 어떤 것을 알고 싶니?"

찬영이는 잠시 생각을 하는 듯하더니 말을 했어요.

"음, 제가 미래에 어떤 병에 걸려 있을지가 가장 궁금해요."

10

선생님은 찬영이가 이렇게 대답할 줄은 정말 몰랐어요. '미래에 나는 무엇을 하고 있을까?' 또는 '결혼은 누구랑 했을까?' 등에 대해서 궁금해할 줄 알았는데…. .

"너는 왜, 그게 궁금해?"

"엄마 아빠와 오랫동안 같이 살고 싶은데, 병에 걸리면 안 되니까요. 그래서 미리 알아서 그 병에 걸리지 않게 하려고요."

엄마 아빠 곁에서 오래오래 살고 싶은 막내다운 바람인 것 같네요.

### 꿈꾼 대로 살고 있는지가 궁금해요

이번에는 큰조카 찬민이에게 물었어요.

"찬민아 너도 미래를 미리 알 수 있다면 어떤 것을 알고 싶니?"

"제가 꿈꾼 대로 살고 있는지가 가장 궁금해요."

찬민이 대답은 찬영이와는 딴판이었어요.

"그래? 너는 무슨 꿈을 갖고 있는데?"

"저는 무지하게 야구 선수가 되고 싶거든요."

찬민이는 운동을 무척 잘하고, 또 야구를 아주 좋아해서 동네에서도 야구를 잘하는 아이로 통합니다. 선생님은 순간 장난기가 발동했지요.

"근데, 찬민아 네가 본 미래에서 네가 야구 선수가 되지 못했다면 어떡하지?"

사실 큰아빠라면 조카에게 '너는 틀림없이 유명한 야구 선수가 되어 있을 거야.' 이렇게 말해 줘야 할 겁니다. 그런데도 내가 이렇게 찬민이에게 되물은 이유가 있답니다. 찬민이의 꿈에 대한 열망이 어느 정도인지가 궁금했기 때문입니다. 꿈을 이루기 위한 노력과 실천이 없다면 자신의 꿈을 이루기 힘들다는 것도 알려 주고 싶었습니다. 그런데 찬민이의 대답을 듣고 선생님은 깜짝 놀랐어요.

"미래에 야구 선수가 되지 못했을 수도 있겠지만 그 미래는 많은 미래 가운데 하나일 거라고 생각해요. 그래서 제가 보지 못한 미래도 많이 있을 것 같아요. 많은 미래 어디에 야구 선수가 된 제가 꼭꼭 숨어 있을지도 모르잖아요. 그래도 제가 어느 구단의 야구 선수가 되지 못한다면 야구 구단을 사서라도 저는 그 구단에서 야구 선수로 뛸 거예요."

**우리에게는 다양한 미래가 있어요**

아하! 우문현답이군요. 멍청한 질문에 현명하게 대답한다는 것이지요. 미

### 미래를 족집게처럼 알아맞힐 수 있나요?



1960년대 미국과 유럽에서 미래학이란 학문이 태어났을 때, 미래학을 만든 학자들은 미래를 족집게처럼 알아맞히는 기술이 곧 나타날 것으로 믿었어요. 내일 무슨 일이 일어날지, 1년 뒤에 어떤 사건이 발생할지 미리 알 수 있을 것이라고 생각했답니다. 그런데 미래를 연구할수록 어떤 기술로도 미리 알 수 없다는 것을 깨달았지요.

과학 기술이 많이 발달한 요즈음도 우리는 내일 무슨 일이 일어날지 알 수는 없습니다. 매일 텔레비전이나 신문에서 쏟아져 나오는 뉴스를 보세요. 미래를 정확히 알 수 있다면 일어나지 말아야 할 갖가지 사건과 사고를 막을 수 있었겠지요.

래가 자신이 바라던 대로 되어 있지 않을 수도 있다는 말에 실망하지 않고 오히려 찬민이는 지혜롭게 대답을 했어요. 미래는 한 가지가 아닌, 다양한 여러 가지 모습이 있다는 말로 미래의 꿈을 포기하지 않았습니다.

우리가 맞이할 미래는 현재로선 확실히 알 수는 없어요. 어떤 미래라도 미리 알 수 없다는 것이지요. 그래서 미래를 예측할 때는 다양한 미래를 상상해야 합니다. 찬민이는 비록 미래학을 공부한 적은 없지만 미래가 다양하다는 것을 놀랍게도 정확하게 알고 있네요.

사실 찬민이의 대답에서 더 깜짝 놀란 것은 어른인 내가 "너의 미래는 네 뜻대로 되지 못했을 수도 있어!"라고 말한 것에 조금도 주눅 들지 않고 자신의 꿈을 이룰 거라고 고집한다는 점이랍니다.

## 미래를 미리 알면 좋기만 할까요?

여러분, 미래를 미리 알 수 있다면 좋을까요? "그럼요. 좋지요!"라고 대답
하는 친구들도 있을 거예요.

"학교 시험에 나올 문제를 미리 안다면 100점을 맞을 수 있잖아요!"

"미래에 내가 결혼할 사람을 볼 수 있다면 재미있을 것 같아요."

"미래에 부자가 될 수 있는 직업을 미리 알 수 있으면 지금부터 그걸 공부
하면 되죠."

맞아요. 이렇게 되면 참 좋을 것 같아요.


### 내가 교통사고를 당하는 것을 미리 안다면…

그럼 이번에는 미래에 내가 원하지 않는 사건이 일어난다는 것을 미리 알

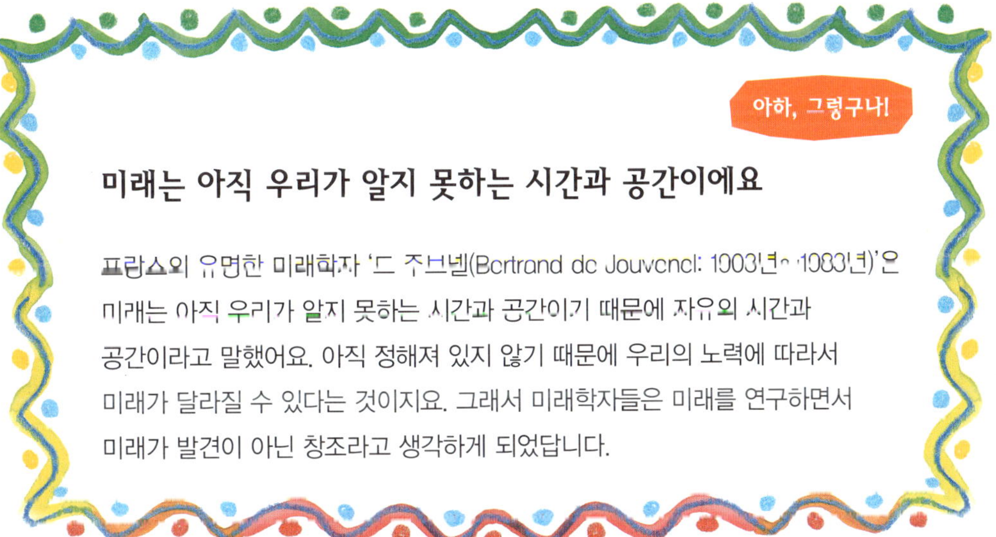



### 미래는 아직 우리가 알지 못하는 시간과 공간이에요

프랑스의 유명한 미래학자 '드 주브넬(Bertrand de Jouvenel: 1903년~1983년)'은
미래는 아직 우리가 알지 못하는 시간과 공간이기 때문에 자유의 시간과
공간이라고 말했어요. 아직 정해져 있지 않기 때문에 우리의 노력에 따라서
미래가 달라질 수 있다는 것이지요. 그래서 미래학자들은 미래를 연구하면서
미래가 발견이 아닌 창조라고 생각하게 되었답니다.

았다고 해 봐요. 예를 들면 내가 교통사고를 당한다거나, 내가 살고 있는 지역에 지진이 발생하거나, 엄청난 태풍이 불어서 내가 살고 있는 집이 무너진다고 상상해 봐요. 그럼 여러분은 이렇게 말할지도 몰라요.

"에이, 그걸 미리 알면 교통사고가 나지 않게 집 안에만 있거나, 지진이 없는 다른 곳으로 이사 가면 되죠."

이렇게 말하는 것을 모순*이라고 해요.

미래를 미리 알 수 있다는 것은 내가 좋아하는 것이든, 싫어하는 것이든 틀림없이 일어나는 일을 안다는 말입니다. 그러니까 내가 어떤 노력을 해서도 바꿀 수 없는 미래를 안다는 것이지요. 이렇게 보면 미래를 미리 안다는 것이 꼭 좋은 것만은 아닌 것도 같지요.

### *모순(矛盾)

모순은 한자로 창과 방패를 뜻합니다. 옛날 중국에 창과 방패를 파는 장사꾼이 있었지요. 창을 팔면서 그 장사꾼은 "이 창은 아주 날카로워서 못 뚫는 방패가 없답니다."라고 말했어요. 그런데 방패를 팔면서는 "이 방패는 정말 단단해서 어떤 창도 뚫을 수 없답니다."라고 했지요. 이 장사꾼의 말이 조금 이상하지요? 모든 방패를 뚫는 창도 있고, 어떤 창도 뚫을 수 없는 방패도 있고, 이렇듯 앞뒤의 말이 이치에 어긋나서 맞지 않을 때를 모순이라고 합니다.

## 미래학자와 경제학자들은 일자리를 예측하기도 해요

미래를 미리 안다는 것이 꼭 좋은 일은 아니지만 사람들은 앞으로 일어날 수 있는 미래에 대해서 여러 가지 방향으로 연구를 하고 있어요. 우리가 정확하게 어떤 미래가 나타날 것이라고 예언할 수는 없지만 다양한 미래가 나티날 수 있디는 예측은 가능하답니다. 이런 연구를 통해시 사람들은 미래에 대한 준비를 하면서 우리 생활을 좀 더 풍요롭게 할 수 있기 때문입니다.

미래 연구를 통해서 경제학자들은 1년 뒤 일자리가 늘어날까 줄어들까를 예측하고, 미래학자는 20년 뒤 우리가 알고 있는 일자리는 사라지고 새로운 다른 일자리가 나타날 것을 예측하기도 합니다. 미래학자들은 앞으로 인간뿐 아니라 로봇도 투표를 할 수 있는 시대가 올 것이라고 추측하기도 합니다.

# 엉뚱한 상상과 과학 기술이 미래를 창조해요

지금은 누구나 갖고 있는 스마트폰은 작은 컴퓨터이자 카메라이기도 하죠. 그러나 20년 전쯤으로 돌아가 생각해 볼까요? 그때 만약 누군가 "앞으로 모든 사람들이 손 안에 컴퓨터를 한 대씩 가지게 될 것이며, 그 작은 컴퓨터로 음악도 듣고 텔레비전도 볼 수 있을 겁니다. 그리고 전자우편인 이메일로 소식을 받고 보낼 수 있을 것입니다."라고 떠든다고 해 봐요. 그때는 아마 많은 사람들이 말도 안 되는, 엉뚱한 공상을 하고 있다고 했을 거예요.

## 엉뚱한 생각이 만든 스티브 잡스의 '애플 컴퓨터'

1990년대만 해도 컴퓨터를 갖고 있는 사람들의 숫자는 아주 적었답니다. 컴퓨터가 있다고 해도 그걸로 음악을 듣거나, 손 안에 넣고 다니거나, 컴퓨터를 통해 멀리 있는 사람들에게 편지를 보낸다는 생각은 할 수도 없었지요.

이렇게 엉뚱한 말을 한 사람은 바로 여러분도 잘 아는 '애플 컴퓨터'를 만들고 아이폰을 세상에 내놓은 미국의 기업가인 '스티브 잡스'예요. 그는 마치 예언자처럼 지금의 세상을 예측했지요. 잡스는 미래를 예측한 것이 아니라 이러한 미래를 스스로 만들었답니다. 그는 아이디어와 의지 그리고 과학 기술로 자신이 꿈꾸는 세상을 창조한 것이랍니다. 주위에 엉뚱한 아이디어를 얘기하는 친구들이 있으면 관심을 기울여 봐요. 혹시 알아요? 그 친구가 미래에 스티브 잡스처럼 유명한 기업가가 될 수 있을지요.

앞으로 모든 사람이
손 안에 작은 컴퓨터를
갖게 될 거예요!
무슨 말도 안 되는
말을 하고 있어!

# 기후 변화로 지구의 미래를 알 수 있을까요?

미래학은 내일이나 한 달 뒤, 1년 뒤 같은 짧은 미래 예측보다는 5년이나 10년, 많게는 1천 년, 혹은 10만 년 앞을 예측합니다. 10만 년 뒤의 미래라고 하니까 많이 놀랐죠? 무엇 때문에 그렇게 아득하게 먼 미래까지 예측할까요?

지구의 나이는 45억 년쯤이라고 해요. 45억 년 동안 지구 상에 수많은 생물들이 나타났다가 사라졌지요. 대표적인 동물이 공룡이에요.

그런데 지구 역사에서 최초로 지구를 위협하는 존재가 나타났어요. 그게 누구냐 하면 바로 사람이에요. 우리는 지구에 살고 있는 모든 동물과 식물들을 파괴할 수도, 살릴 수도 있어요. 원자 폭탄이 몇 개만 터져도 지구에 사는 모든 생물들을 죽게 할 수 있답니다.

### 우리 행동에 따라 지구가 사라질 수도 있어요!

우리의 먼, 먼 후손들이 살아갈 1천 년 뒤, 1만 년 뒤, 10만 년 뒤를 상상해야 하는 이유는 지구가 인간의 행동에 따라 '사라지느냐 살아남느냐!' 하는 시기에 들어섰기 때문이에요. 인간이 지구에서 행한 그 결과들은 1~2년 뒤가 아니라 10년, 20년, 50년 또는 100년 뒤에 매우 느리게 나타납니다. 그래서 그 결과를 미리 예측하고 지구를 지키기 위한 것들을 생각해야 하기 때문입니다.

예를 들어볼까요? 우리가 자동차를 타고, 공장에서 물건을 만들면서 뿜어내는 이산화탄소 때문에 지구의 온도가 올라가는 지구 온난화 이야기 들어봤지요? 지구 온도가 올라가니까 북극이나 히말라야 산맥의 빙산들이 녹고 있잖아요. 세월이 많이 흐른 뒤에 히말라야 산맥에 살고 있는 네팔 사람들은 앞으로 다른 나라로 이사해야 할지도 몰라요. 빙산이 점점 녹으면서 생긴 거대한 물이 네팔 땅을 모두 집어삼킬 수 있기 때문이죠. 아프리카 킬리만자로 산 꼭대기의 만년설도 거의 사라졌답니다.

이런 기후 변화에 따른 지구 환경의 미래를 미리 알아서 대처해야 하는 것도 미래를 공부하는 사람들의 숙제랍니다.

# 아이들이 원하는 미래 얘기 들어주기 

미래를 공부하는 목적은 미래를 정확히 예측하는 것보다는 다양한 미래를 상상해 보는 것에 있답니다. 엄마 아빠가 아이들 눈높이에 맞추어서 자녀들이 어떤 미래를 상상하고 있는지에 대해서 듣다 보면 아이들이 무엇을 걱정하고, 무엇을 희망하고 있는지를 알게 됩니다.

미래 연구자들이 미래 예측 작업을 할 때도 이런 원칙에서 벗어나지 않는답니다. 사람들과 함께 미래를 상상하면서 사람들이 무엇을 걱정하고 또 무엇을 바라는지를 파악하는 것이지요. 그래서 걱정하는 부분을 다루는 정책과 희망하는 부분을 다루는 정책을 내놓을 수 있습니다.

### 초등학생들도 다양한 미래를 생각합니다

초등학생들은 어른들이 생각하는 것보다 훨씬 다양한 미래를 상상합니다. 생태계나 동물의 미래, 기후 변화, 환경 오염, 핵전쟁 같은 걱정뿐 아니라 외계인의 등장도 예상하고 있지요. 어떤 아이는 미래에 웃음이 사라질지도 모른다고 얘기하기도 합니다. 이유를 물어보니 미래에는 가난한 사람들이 더 많아져서 병을 치료받지 못하는 사람들이 늘어날 수 있기 때문이라고 했습니다.

이렇게 어린이들의 미래 이야기를 자연스럽게 끌어낸 뒤, 이런 미래에 필요한 일이 무엇인지 아이들 스스로 생각하도록 도와주세요. 부모님이 생각하는 미래와 자녀가 생각하는 미래가 다르다고 해도 우선 아이들의 이야기

부터 들어주세요. 더러워진 환경을 깨끗이 치우는 청소부가 된다고 해도, 어른이 되면 학원을 없애는 정치인이 된다고 해도, 로봇을 가르치는 선생님이 된다고 해도, 우선 아이들의 이야기부터 꼭 들어주세요.

　그 다음에 이렇게 자신이 원하는 것을 할 수 있을지에 대해 엄마 아빠와 함께 얘기를 나누어 보세요. 이렇게 아이가 원하는 일을 시작하려면 어떤 것을 준비하고 연습해야 할지에 대한 대화를 자주 나누다 보면 어린이들의 미래의 꿈에 좀 더 다가길 수 있답니다.

# 2 상상력이 꿈을 키워 줘요!

동물들도 상상을 한대.
정말! 동물들이 어떻게 상상을 하지?
챔팬지가 조그만 통나무를 새끼처럼 데리고 놀잖아.
아, 그래! 침팬지가 흉내를 잘 내는 걸 보면 상상력이 있을 것 같기는 하다!

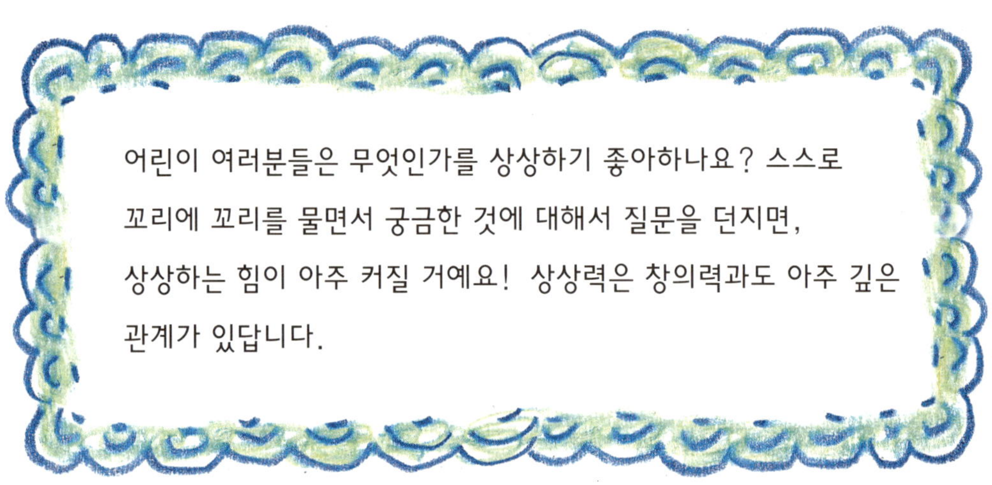


## 원숭이나 개도 상상할 수 있어요!

 우리 인간만 상상하는 능력이 있을까요? 여러분은 어떻게 생각하세요? "상상하다"를 국어사전에서 찾아보니까, 이런 뜻이래요.
"아직 일어나지 않은 일이나 존재하지 않은 대상을 머릿속에 그려 봄."
'미래에는 어떤 일이 일어날 것 같다.' 이렇게 생각하면 상상하는 것이죠.
또 '하늘을 날아다니는 용을 생각한다.' 이것도 상상이에요. 용은 우리가 살고 있는 세상에 없는 동물이잖아요. 와, 이렇게 보면 지구에는 오직 인간만 상상하는 능력이 있을 것 같아요.

우리가 꿈을 꾸는 것도 상상하는 활동으로 볼 수 있어요. 현실에서는 불가능하지만 꿈속에서는 가능한 것이 많잖아요. 하늘을 날아다니기도 하고, 절벽에서 떨어졌는데도 다치지 않고, 아주 넓은 바다를 끝없이 헤엄치는 꿈 등을 한번쯤은 모두 꾸었을 거예요.

### 강아지들도 꿈을 꿔요

동물이 꿈을 꿀 수 있다면 상상의 능력이 있다고 봐야 할까요? 집에서 강아지를 키우는 어린이들은 가끔 강아지들도 꿈을 꾸는 것을 봤을 거예요. 그럼 동물들도 상상을 할 수 있는 것은 아닐까요?

상상한다는 것은 현재 눈에 보이지 않는 것을 있다고 가정하고 마치 현재 있는 것처럼 행동하는 것을 말하기도 합니다. 텔레비전에서 가수들이 어깨에 기타를 멘 것처럼 하고 기타 치는 모습을 흉내 내는 것을 본 적 있지요? 이런 것도 상상하는 것이죠.

## 동물들은 한 번도 본 적이 없는 것은 상상할 수 없대요

또 다른 예를 들어볼까요. 아마 여러분 중에 몇몇 어린이는 자신을 슈퍼맨이라고 생각하고 망토를 걸치고 이리저리 뛰어다니거나 심지어 높은 곳에서 뛰어내린 적도 있을 거예요. 그러다가 다리나 팔이 부러진 어린이들도 있지요? 기타를 치고 있는 것처럼 행동하는 것이나 슈퍼맨 흉내를 내는 것은 모두 상상하는 것으로 볼 수 있지요.

없는 것을 있는 것처럼 흉내 내는 것을 상상의 활동이라고 한다면 동물들도 이런 것쯤은 할 수 있어요. 어떤 침팬지는 조그마한 통나무를 자신의 새끼인 양 데리고 놀기도 하고요. 또 어떤 침팬지는 무엇인가를 자신의 담요 안에 숨기는 행동을 하는데 사실은 흉내만 내는 거예요. 무언가가 정말 있는 것처럼요. 담요 속에서 그것을 꺼내 입으로 먹는 흉내도 내지요.

이런 것을 보면 동물들도 상상하는 능력이 있다고 할 수 있겠죠. 그래서 많은 동물학자들은 동물들도 상상을 할 수 있다고 합니다. 또 동물들도 자신들이 상상하는 것이 사실은 눈에 보이는 것이 아니라는 것도 안다고 합니다. 대단하죠? 그러나 동물들은 인간처럼 한 번도 본 적이 없는 것을 상상할 수는 없다고 해요. 그리고 상상과 사실의 구별도 인간만큼 잘하지 못한다고 합니다.

## 로봇도 상상할 수 있고, 감정이 있대요

그럼 이번엔 좀 더 엉뚱한 질문을 던져 볼까요? 로봇도 상상을 할 수 있을까요?

"에이~ 말도 안 돼요. 인간이 조종해야 움직이는 로봇이 어떻게 상상을 할 수 있어요!"

맞아요. 지금은 말도 안 되는 이야기예요. 그런데 미래에는 그럴 수도 있답니다.

미국에서 가장 유명한 발명가이지 미래학자인 '레이 커즈웨일(Ray Kurzweil)'은 2040년에는 인간과 로봇을 구별할 수 없을 정도로 과학 기술이 발전할 거라고 했어요. 이 말대로 된다면 2040년에는 어떤 일이 벌어질까요?

인간처럼 보이지만 사실은 로봇일 수도 있답니다. 학교에선 로봇 친구가 함께 공부할 수도 있고요. 어떤 사람은 로봇과 결혼까지 할 수도 있겠네요.

너무 지나친 상상이라고요? 커즈웨일은 말만 앞서는 과학자가 아니랍니다. 그는 대단한 발명가로 세계에서 아주 유명하답니다. 여러분도 잘 아는 신시사이저, 전자 피아노 알죠? 신시사이저에서 '커즈웨일'이란 단어를 본 어린이가 있나요? 눈치챘나요? 그래요, 그 신시사이저를 발명한 사람이 바로 커즈웨일이랍니다. 1970년대에는 종이에 인쇄된 글자를 읽어 주는 컴퓨터 장치를 발명하기도 했지요. 생각해 보세요. 앞을 못 보는 장애인들이 이 발명품을 얼마나 좋아했을지요.

**사람처럼 호텔에서 일하는 로봇도 있어요**

한 가지 예를 더 들어볼까요. 얼마 전 일본에서는 로봇이 일하는 호텔이 생겼어요. 그곳에서 일하는 로봇을 사진으로 봤는데, 인간하고 비슷하게 생겼답니다. 로봇이 호텔에서 음식도 날라 주고, 짐도 들어 준다고 해요. 물론 이 로봇은 아직은 사람이 아닌 로봇처럼 행동을 하지요. 스스로 생각한다거나 인간처럼 상상하는 능력은 없어요. 그러나 미래에는 로봇들도 인간처럼 감정을 갖거나 미래를 상상하는 능력이 생길 것으로 보고 있답니다.

지금까지 우리는 동물도 상상을 할 수 있고, 언젠가는 로봇도 상상할 수 있을 것이라는 이야기를 나눴어요. 상상할 수 있는 능력은 매우 중요하답니다. 예전에는 상상력이 별로 필요가 없었어요. 과학 기술이나 경제가 한국

보다 발전한 미국이나 일본에 가서 살짝 모방하면 되었기 때문이에요. 텔레비전을 만들 때도 설계도를 비슷하게 모방해서 만들었고요. 자동차도 그런 식으로 만들었답니다.

그런데 지금은 달라요. 텔레비전이나 자동차, 스마트폰은 우리가 다른 나라보다 더 잘 만들고 있어요. 이렇게 우리가 세계 최고인 제품들이 많아졌지요. 이제는 모방이 아니라 우리 스스로 새로운 물건을 만들어야 하는 위치가 되었답니다. 그래서 여러분들이 상상하는 힘을 키워야 한답니다.

## 꿈을 이루기 위해 1만 번 이상 말해 보세요

상상하는 힘을 키우면, 여러분이 꿈꾸는 것을 실제로 이룰 수도 있어요. 미래를 상상하지 않는 어린이는 꿈이 무엇인지도 모를 뿐만 아니라 꿈을 알아도 이룰 수 있는 방법을 몰라요. 그런데 상상만 하면 뭐든지 다 이룰 수 있을까요?

미국의 인디언들은 "어떤 말을 1만 번 이상하면 반드시 이루어진다."고 믿었대요. 그럼 이 말은 무엇을 뜻하는 것일까요? 자신의 꿈을 찾아내고, 그 꿈을 이루기 위해 많은 노력을 해야 한다는 것이겠죠. 어떤 말을 1만 번 한다는 것은 어려워요. 선생님도 그렇게 해 본 적은 없어요. 그러나 자기 암시적 예언이라는 말이 있어요. 스스로 '나는 어떤 사람이 되어 있을 것이다.'라고 수없이 되뇌면 그런 사람이 될 확률이 높아진다고 합니다.

**어린이 여러분은 자기 몸과 마음의 주인입니다!**

어린이 여러분, '주인'은 어떤 사람일까요? 어떤 물건을 소유한 사람을 보고 우리는 '그 물건의 주인'이라고 합니다.

어린이 여러분은 자기 몸과 마음의 주인입니다. 진정한 주인이 되려면 스스로 생각하고 상상하는 힘이 있어야 합니다.

어린이들은 아직 어려서 학교에서 배워야 할 것들이 많습니다. 선생님이나 부모님의 말씀도 잘 들어야 하고요. 그러나 스스로 상상하는 힘은 어렸을 때부터 키워야 해요. 스스로를 노예라고 생각하지 말고 삶의 주인이라고 생각해야 합니다. 그러려면 스스로 '나는 소중한 사람이다, 나중에 커서 중요한 일을 할 사람이다.'라고 생각해야 합니다. 이렇듯 스스로를 사랑하는 마음인 자존감이 있어야 상상하는 힘도 기를 수 있답니다.

내 몸과 마음의
주인은 나야!
인구가 줄고 있어!
그 다음은
어떻게 될까?

## 그 다음은 어떻게 될까? 또 그 다음은…

그리고 미래를 상상하는 힘을 키우려면 평소에 스스로 질문을 많이 해야 합니다. 어떤 질문을 하면 미래를 상상하는 힘이 커질까요? "다음은 어떻게 될까?"라는 질문을 던져 보세요.

'인구가 줄고 있어. 그럼 그 다음에는 어떤 현상이 생길까?'

'자동차가 많아서 공기가 오염이 되고 있어. 그럼 그 다음에는 어떤 일이 벌어질까?'

'로봇이 점차 인간을 닮아 가고 있대. 그럼 그 다음에는 어떤 로봇이 나올까?'

여기서 질문을 멈추면 안 됩니다. 다시 "다음에는 어떻게 될까?"라는 질문을 계속해야 합니다.

'로봇이 점차 인간을 닮아 간다. 그 다음은 인간과 똑같이 행동할 줄 아는 로봇이 나타날 것이다. 그 다음에는 인간처럼 생각하고, 스스로 성장하는 로봇이 나타나겠지. 그 다음은 로봇이 인간에게 이 사회에서 시민으로 생활할 수 있도록 시민권, 정치에 참여하는 투표권을 달라고 요구한다.

그 다음은 인간은 로봇과 함께 살아가는 방법을 배워야 한다. 그 다음은 인간은 점차 로봇을 닮아 간다. 그 다음은 인간과 로봇을 구별할 수 없는 지경까지 이른다.

그 다음은 인간과 로봇이 한데 뒤섞여 결혼도 하고, 가족을 이룬다. 그 다음은, 그 다음은, 그 다음은….'

이렇게 질문이 꼬리에 꼬리를 물면 나중에는 기가 막힌, 엉뚱하지만 재미있는 그리고 실제 미래 모습을 닮은 미래를 상상할 수도 있답니다. 그러기 위해서 "그 다음은 어떻게 될까?"라는 질문을 스스로 계속할 수 있도록 노력해야 합니다.

# 미래에는 눈치 빠른 로봇이 사랑을 받는대요

일본 교토에 있는 연구소에서 재미있는 실험을 했어요. '노리히로 하기타'라는 연구원이 38명의 실험 참가자들에게 컴퓨터 마우스로 화면에 보이는 이미지를 확대해 보라고 했습니다. 이미지가 확대될 때 약간의 시간이 걸리도록 돼 있었지요. 1초, 2초 그리고 3초 안에 확대되는 경우를 실험했어요. 참가자들에게 가장 만족했던 상황을 물었더니, 1초 만에 이미지가 확대되는 것이라고 했답니다.

이번에는 인간의 모습을 닮은 로봇으로 비슷한 실험을 했어요. 참가자들이 로봇에게 쓰레기를 버릴 것을 명령했지요. 인간의 명령을 받자마자 움직이는 로봇과 약간의 시차를 두고 명령을 따르는 로봇이 있었어요. 실험 참가자들에게 어떤 로봇이 좋으냐고 물었더니, 놀랍게도 약간의 시차를 두고 자신의 말을 듣는 '느린' 로봇을 선택했답니다. 왜 그랬을까요?

### 인공 지능 로봇은 인간처럼 행동해야 좋아요

미국 위스콘신-매디슨 대학의 '멋루(Mutlu)' 박사는 무생물로 생각하는 개인용 컴퓨터는 속도가 빨라야 하지만, 생명체라고 생각하는 인공 지능 로봇은 인간처럼 행동해야 한다고 말합니다.

인간의 대화를 살펴보면 묻고 답하는 데 약간의 시간이 걸리잖아요. 자신의 생각을 정리하는 시간, 남의 처지를 배려하기 위한 말을 찾는 시간이 필요해서 그렇답니다. 이게 자연스런 대화의 모습일 거예요.

실험 결과로 짐작한다면 미래의 로봇은 눈치가 빨라야 사랑받을 것 같네요.

# 3 직접 미래로 가 봐요!

미래 여행을
지금 떠날 수 있대!
어떻게?
상상만 하면
함께 떠날 수 있대.
같이 갈래?
빨리 와!
정말? 같이 가자!

지금 당장 미래 여행을 떠나요? 어떻게 가냐구요? 많은 학자들이 미래에 대해 연구한 것들로 미래 생활을 그려 볼 수 있답니다. 그러니까 상상 여행을 떠날 수 있는 거랍니다. 2045년의 서울은 어떻게 변했을까요? 와! 대단하네요.

## 2045년 첫 번째 미래에는 무인 택시가 있어!

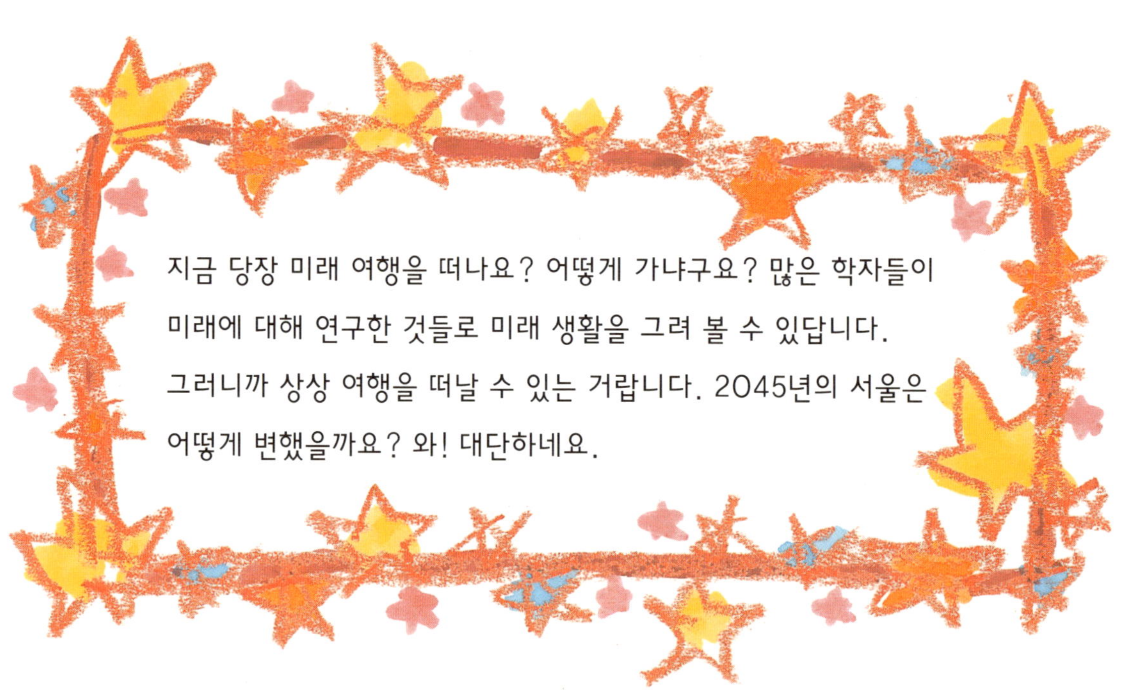

선생님은 초등학교 6학년인 아들 찬우, 조카 찬영이와 함께 셋이서 타임머신을 타고 미래 시간 여행을 떠났어요. 선생님이 연구한 미래를 바탕으로 해서 시간과 공간의 목적지를 미래 연도에 맞추고 예측 가능한 상상 여행을 떠났답니다. 첫 번째 미래 여행의 연도는 2045년이랍니다. 찬우, 찬영이와 함께 타임머신을 타고 순간 이동을 했습니다.

"아빠, 여기가 2045년 서울인가요?"

"그렇지, 시간 여행의 목적지를 2045년 서울로 맞췄으니까."

"그럼 우리가 선택한 첫 번째 미래겠네요?"

"맞아, 세 가지 미래 중에 제일 먼저 선택한 것이야. 한번 둘러볼까?
우선 서울 강남에 세워졌다는 5백 층짜리 빌딩부터 구경해 볼까?"

선생님도 좀 어리둥절하기는 했어요. 2045년에 처음 와 보니까요.

조카 찬영이가 어안이 벙벙한 얼굴로 말했습니다.

"무엇을 타고 가죠?"

선생님은 그 순간 정신을 바짝 차렸답니다.

"무인 택시를 타자구나."

"무인 택시가 뭐예요?"

찬영이가 바로 질문을 했어요.

"운전사가 없는 택시인데, 자동차 안에 있는 컴퓨터가 알아서 목적지까지
데려다 준단다."

그러자 찬우가 이어서 질문을 했습니다.

"위험하지 않을까요? 사고가 나면 어떻게 해요?"

"사람이 운전하는 것보다 훨씬 안전해. 컴퓨터는 운전하면서 한눈도 팔지
않고 또 피곤하다고 졸지도 않는단다. 게다가 규정 속도를 지키기 때문에
과속 운전도 하지 않는단다."

**스마트폰 앱으로 무인 택시를 호출했어요**

스마트폰 앱으로 자동차를 호출했습니다. 그랬더니 5분도 안 되어서 무인

택시가 우리 앞에 나타났답니다.

차 문을 열고 찬우와 찬영이는 뒤에, 나는 앞에 탔습니다. 그리고 내가 앞 좌석에 있는 터치스크린을 눌러서 목적지를 입력했습니다.

무인 택시는 바로 목적지를 향해 출발했지요.

"아빠, 저기 기차처럼 생긴 것은 뭐예요?"

"저것은 '자기부상열차'라고 하는데. 철로 위에 떠서 미끄러지듯 달리는 기차야. 서울에서 출발하면 평양, 중국을 지나 유럽까지도 갈 수 있단다."

대한민국은 2035년에 남북 통일이 되어서 이런 열차를 개발할 수 있었습니다.

"2035년 통일이 되어서 서울에서 유럽까지 기차로 갈 수 있게 되었나 봐요."

선생님은 뿌듯한 마음으로 얘기를 했어요.

“그렇단다. 그때 우리가 지혜롭게 한반도 통일을 이뤄 냈기 때문에 이런
열차도 개발할 수 있었단다.”

## 5백 층 빌딩이 구름 속에 있어요

그 순간 무인 택시는 벌써 5백 층 빌딩에 도착했답니다. 그래서 우리는 무
인 택시에서 내려서 건너에 있는 아주 높은 빌딩으로 갔지요.

“자, 여기가 세계에서 가장 높은 빌딩이란다. 5백 층, 대단하지?”

찬영이가 놀란 얼굴로 빌딩을 쳐다보면서 말합니다.

“와아! 꼭대기는 구름에 가려 보이지도 않네요.”

선생님은 세계에서 가장 높은 빌딩의 역사를 말해 주었습니다.

“2014년까지 가장 높은 빌딩은 두바이에 있는 ‘부르즈 할리파’였지. 그게 163층에 높이는 828미터쯤 됐단다. 이 빌딩은 우리나라 건축가들이 지은 것인데, 512층에 높이만 2.5킬로미터가 넘어요. 너도 보듯이 몇 개의 기둥이 서로 엉켜 있잖아? 그렇지 않으면 건물이 서 있을 수가 없단다.”

찬우가 다시 말을 이었습니다.

“건물 주위에 작은 헬리콥터처럼 생긴 비행 물체가 많이 떠 있네요.”

선생님도 그곳을 바라보면서 대답을 했습니다.

“그건 건물 꼭대기 층에 가깝게 사는 사람들이 타고 다니는 거란다. 그걸 타고 건물을 오르내리지.”

찬우는 호기심이 발동한 얼굴입니다.

“힘들겠는데요…. 재미있을 것 같기도 하고요.”


**클라우디아는 4백 층 이상에서 살아!**

다시 건물에 대한 애기를 선생님이 이어 갑니다.

“저 건물 안에는 없는 것이 없지. 공원도 있고, 숲도 있단다. 세계 모든 나라에서 생산하는 물건도 팔고 있지. 학교도 있고, 병원도 있어. 그래서 저 안에 사는 사람들은 밖에 잘 나오지 않아도 된단다.”

찬영이가 큰소리로 말합니다.

“큰아빠, 부자들만 사는 빌딩처럼 보여요.”

선생님은 좀 더 자세한 설명을 시작합니다.

“아니야, 부자나 가난한 사람 모두 섞여서 살고 있어. 그런데 부자들은 구름으로 가려진 4백 층 이상에만 살고 있단다. 구름 위에서 산다고 해서 ‘클라우디아’라고 부른단다. 열심히 일해서 돈을 많이 벌면 좀 더 높은 층으로 이사할 수 있고, 계속 올라가면 클라우디아가 될 수 있단다.”

## 학교에서 어린이들도 기업과 프로젝트 연구를 해요

선생님은 가장 먼저 아이들을 데리고 학교가 있는 층으로 가려고 합니다.

“애들아, 그럼 학교가 있는 129층으로 올라가 볼까?”

초고속 엘리베이터를 타고 순식간에 129층에 도착을 했습니다.

“큰아빠, 교실에 선생님이 안 보이네요. 그런데 외국 학생들이 많아요.”

선생님이 왜 외국 학생들이 많은지에 대해서 찬찬히 얘기합니다.

“학생들은 궁금한 것이 있으면 컴퓨터에 물어보면 된단다. 선생님도 학생들처럼 자리에 앉아서 연구를 하고 있단다. 그리고 저기 보이는 학생들은 북아메리카, 유럽, 아시아, 아프리카에서 온 학생들인데, 서울에만 해도 외국인이 10명 중 2명이나 된단다. 서울 인구의 20퍼센트가 넘어요.”

찬영이가 눈을 동그랗게 뜨고 묻습니다.

“여기 학생들도 숙제를 해야 하나요?”

“숙제라는 말은 없어졌어. 대신 프로젝트를 한다고 말하지. 각자 기업들과 연계를 해서 기업에서 필요로 하는 문제를 풀거나 창의적인 물건을 만들고 있단다. 저기 실험실에서 뭔가를 열심히 보고 있는 쟤가 그 유명한 '이래빈'이라는 학생인데, 순간 이동 기술을 연구하고 있지. 학생인데도 돈을 벌 수 있단다. '래빈'이는 할머니가 필리핀 사람이었다지."

찬우는 선생님의 얘기가 끝나자마자 물었습니다.

"순간 이동이오?"

"찬우야, 예전에 아빠하고 본 영화 '스타트렉' 기억나니? 그 영화에서 우주선에 탄 승무원들이 "나를 이동해 줘(Beam me up)!"라고 말하면 인간이 한 줄기 광선으로 변해 순간적으로 다른 공간으로 옮겨 갔잖니. 그걸 가능하도록 하는 세 순간 이동 기술이란다."

찬우는 의심스러운 얼굴로 말을 합니다.

"아직은 인간이 광선으로 변하지는 않잖아요."

"맞아, 아직은 불가능하단다. 그런데 물건이나 식물은 옮길 수 있단다. 한국에서 보낼 물건이나 식물의 특성을 분석해서 그 정보를 미국에 보내면 순간적으로 똑같은 물건이니 식물이 그곳에서 조립돼서 나디니지."

"아빠, 오늘은 너무 많은 것을 배웠는지 조금 피곤해요. 2015년으로 돌아가서 쉬었다가 두 번째 2045년의 또 다른 미래를 구경하는 게 좋을 것 같아요?"

"큰아빠 저도 그랬으면 좋겠어요!"

"그래, 그럼 좀 쉬었다가 다른 2045년의 미래 여행을 가자구나!"

# 순간 이동의 역사

순간 이동 기술의 씨앗이 될 만한 연구는 1990년대에 나왔어요. 과학자들은 이런 기술을 '양자(quantum)' 전송이라고 해요. 좀 더 정확하게 말하면 실체의 이동이 아니라 정보의 이동을 말하지요. 1990년대 유럽의 과학자들이 처음으로 양자 전송을 성공시켰습니다. 2004년엔 일본 과학자들도 실험에 성공했고요.

중국의 과학자들도 양자 전송에 대한 획기적인 실험 결과를 발표했지요. 최근에는 미국항공우주국(NASA)이 25킬로미터의 양자 전송 실험에 성공했답니다.

### 빛보다 빠른 속도로 정보를 주고받는 양자 전송

양자 전송 기술의 발전이 우리 미래를 암시하는 이유는 무엇일까요? 첫째, 양자 전송은 시공간을 초월하는, 빛보다 빠른 속도로 정보를 주고받는 전송을 뜻합니다. 20세기의 과학자들이 빛의 성질을 이해하는 데 많은 시간을 보냈다면, 21세기 과학자들은 빛보다 빠른 것을 이해하는 데 많은 시간을 보낼 것 같습니다.

둘째, 양자 전송은 물질 자체가 아니라 물질의 특성을 보내는 것이에요. 최초로 양자 전송에 성공한 오스트리아 빈 대학에 있는 '안톤 젤링거(Anton Zelinger)' 교수는 "원본임을 증명하는 것, '물질(atoms)'의 '질서(order)'를 뜻하는 특성이지 물질 그 자체는 아니다."고 주장한 적이 있어요. 양자 전송을 통해 보낸 것은 양자 자체가 아니라 양자의 특성을 보냈다는 말이랍니다.

### 우리의 특성을 주고받는 전송

조금 쉽게 풀어 볼게요. 우리 몸을 구성하는 세포의 수는 약 60조 개라고 알려져 있어요. 몸의 세포는 생식 기능을 담당하는 생식 세포와 그 밖의 체세포로 구성돼 있는데요. 체세포도 태어나고 자라고 또 죽습니다.

11개월이 지나면 우리 몸은 완전히 새로운 몸이 되지요. 11개월 전에 우리 몸을 구성했던 모든 체세포가 사라졌기 때문이랍니다. 그렇다고 해도 나의 모습을 보면 나는 여전히 '나'랍니다. 몸을 구성한 체세포는 바뀌었지만, '나'라고 하는 특성은 남아 있기 때문이에요. 그러니까 양자 전송으로 나의 특성을 보낸 것이지, 내 몸을 구성한 체세포를 보낸 것은 아니랍니다. 좀 어렵지만 다시 찬찬히 읽다 보면 무슨 말인지 알 수 있을 거예요.

## 두 번째 미래, 클로렐라로 차가 움직여요

선생님은 아들 찬우, 조카 찬영이와 좀 쉬었다가 또 다른 2045년의 서울로 갔답니다.

"아빠, 여기도 2045년 서울인가요? 첫 번째 미래와는 많이 다른데요!"

"그렇단다. 완전히 다른 세상 같지? 저기 도로를 보렴. 자동차가 다니는 길은 좁고 하나밖에 없는데 자전거를 타거나 걸을 수 있는 도로는 굉장히 넓잖아?"

찬우는 도로를 찬찬히 바라보면서 말했습니다.

"네, 왜 이렇게 변했나요?"

선생님은 다시 찬우에게 좀 더 자세히 설명을 했습니다.

"그러니까 아마 2035년이었지. 세계에서 큰 회의가 열렸는데, 각 나라가 사용할 수 있는 석유 에너지의 양을 정하고 그 이상으로 사용할 수 없도록 했단다. 왜냐하면 석유를 사용하면 이산화탄소가 나오잖아, 너희들도 알겠지만 그게 지구의 온도를 높여 놓았잖니. 그래서 빙산도 녹고 기후 변화도 심해지고, 세계 곳곳에서 홍수가 나고 가뭄 지역도 늘어나서 고통받는 사람이 많아졌기 때문이란다."

찬우는 이해할 수 없다는 얼굴로 말했습니다.

"그렇다고 편리한 자동차의 사용을 무조건 규제하는 것은 이해가 안 되는데요."

"처음에는 사람들의 반발도 많았단다. 왜냐하면 세금을 많이 내야 해서 부자들만 자동차를 탈 수 있었거든. 기업들도 물건을 생산하면서 공기를 오염시켰다는 이유로 환경 세금을 많이 내야 해서 불만이 많았지."

"그래서요?"

"그런데 생각해 보니 이대로 가다가는 후손들에게 나쁜 환경만 물려주고, 쓸 수 있는 석유 자원도 다 써버리는 것은 옳지 않다고 생각을 한 거야. 그래서 사람들이 스스로 환경을 보존하고 자원을 아껴 쓰는 '지속가능한 개발'을 할 수 있는 방법도 함께 생각하고, 실천도 하게 된 것이란다."

**이제 자동차에 석유를 사용하지 않아요**

갑자기 찬영이가 눈을 동그랗게 뜨고 쳐다봅니다.

"큰아빠, 그런데 자동차는 다니는데, 석유를 넣지 않나요? 주유소가 안 보여요."

"저기 자동차는 석유로 가는 차가 아니란다. 조류를 이용해서 움직이는 자동차야."

찬영이가 다시 묻습니다.

"조류요? 그게 뭐예요?"

선생님은 아이들의 질문에 연이어 대답을 하느라 바쁩니다.

"물속에 사는 식물을 말한단다. 클로렐라 알지? 이 식물들은 광합성을 통해 생활하고 남는 에너지를 중성 지방으로 남겨 두는데, 이것을 짜내 자동차 연료로 사용하지. 클로렐라는 번식력이 좋아서 연료로 쓰기에는 안성맞춤인 자원이란다."

찬우가 또 질문을 합니다.

"클로렐라 연료를 이제 사용할 수 있으니 자동차를 많은 사람들이 사용할 수 있겠네요?"

"그래, 2035년부터 석유 양의 규제 때문에 일반인들은 주로 자전거를 타고 다녔는데 2044년에 클로렐라 연료가 개발되어서 이제부터는 자동차의 수가 좀 늘어날 것 같아."

**우리 '소통'을 하는 시장에 구경 가자!**

찬우, 찬영이가 너무 자동차 이야기에만 빠져 있어서 선생님이 다른 곳을
바라보며 소리를 칩니다.

"얘들아, 시장에 한번 가 볼까? 저기가 시장인데, 모두들 소통하러 왔단다."

"소통이 뭐예요?"

찬영이가 묻습니다.

"소통은 원래 서로 말이 잘 통한다는 것을 뜻하는 단어였는데 이 미래에

서는 물건을 나누는 것을 소통이라고 한단다."

찬영이는 이 말이 좀 이해가 안 되나 봅니다.

"물건을 나눠요? 팔지 않고요?"

"응, 각자 사용할 만큼만 물건을 만들고 조금 더 만들어서 다른 물건과 교환을 해. 신발을 만들어서 그것을 쌀과 바꾸기도 하고…."

찬우도 이에 질세라 질문을 합니다.

"그럼, 물건을 못 만드는 사람은 어떻게 해요?"

"자신이 할 수 있는 일을 하면 된단다. 선생님은 아이들을 가르치고, 학부모들은 음식이나 옷을 선생님에게 드리지. 어떤 부모는 그림을 그려서 드리기도 하고. 어떤 부모는 선생님의 아이들에게 피아노 치는 법을 가르쳐 주기도 하지. 이렇게 서로 잘하는 것을 나누는 것을 소통한다고 한단다."

"아빠, 두 번째 미래는 클로렐라 연료를 쓰고 물건들도 쓸 만큼만 만들어서 교환을 해서 그런지 공기가 훨씬 상쾌하고 깨끗한 느낌이에요."

"서로 경쟁하지도 않고, 자신의 필요에 따라 즐겁게 일을 하기 때문에 과로도 하지 않고 충분한 휴식도 취할 수 있어서 사람들의 얼굴이 밝지. 그래서 그런지 물건들도 모두 사람들의 개성이나 특성이 잘 나타나서 아주 다양하단다."

"그런데 찬우야, 찬영아, 이제 집으로 돌아가야 할 시간이란다. 두 번째 미래에선 저녁 6시면 모두 집으로 돌아가야 해. 왜냐하면 에너지를 아껴야 하기 때문이란다."

## 인공 자연이 있는 세 번째 미래 이야기

다음 날 선생님과 찬우, 찬영이가 다시 2045년의 세 번째 미래 여행을 떠났습니다. 세 번째 2045년의 서울은 어떤 차이가 있을까요?

"아빠, 세 번째 미래에는 자연이 없어졌네요. 저기 나무처럼 보이는 것도 나무가 아니네요!"

"맞아, 우리가 말하는 자연은 물론 이 미래에도 있단다. 저기 숲이 보이지. 저건 자연의 숲이 맞아. 그런데 이 미래의 사람들은 인공 자연을 더 좋아한단다."

찬영이가 묻습니다.

"인공 자연이오?"

"응, 인간이 만든 자연을 인공 자연이라고 해."

찬영이는 왜 인공 자연을 사람들이 좋아하는지 이유를 알 수 없다는 얼굴입니다.

"왜 그걸 좋아해요?"

"이 미래의 사람들은 스스로 변형시키는 것을 좋아한단다. 그래서 나무가 됐다가, 꽃이 됐다가, 화장실이 됐다가, 의자도 되는, 그런 인공 자연을 좋아하는 거란다."

그때 찬우가 갑자기 아주 작은 목소리로 말을 했어요.

"아빠, 방금 지나간 사람, 로봇 같아요. 두 팔이 기계로 돼 있어요."

"로봇이 아니란다, 사람이란다. 내가 보기에 저 사람은 사고로 두 팔을 잃은 뒤에 로봇 팔을 어깨에 붙인 것 같아. 저기 사람을 보렴, 사람 같지? 근데 저게 진짜 로봇이란다. 저 로봇은 사람처럼 스스로 생각도 하고 감정을 느끼기도 하지."

## 로봇 시민은 투표도 할 수 있어요

찬우는 그제서야 이 미래는 어제 간 미래와는 완전히 다르다는 생각을 했습니다.

"와, 과학 기술이 엄청 발달한 미래네요. 어제 본 미래와는 완전 달라요!"

"어제 처음으로 로봇 시민이 탄생했는데. 로봇에게도 인간처럼 누구의 조종도 받지 않고 살 수 있는 권리를 주었지. 대통령을 뽑는 선거에 투표도 할 수 있단다."

찬영이는 호기심 가득한 얼굴로 묻습니다.

"그럼 앞으로 로봇 대통령도 나올 수 있어요?"

"글쎄다, 좀 더 발전된 로봇이 나온다면 그럴 수도 있겠지. 앞으로는 로봇들과 어떻게 잘 지낼 수 있는지를 생각하고 노력해야 된단다. 로봇들과 함께 살아가야 하는 세상이니까."

**2044년에 한국도 화성에 태극기를 꽂았어!**

선생님은 다른 곳으로 눈길을 돌린 뒤에 애들을 끌고 갑니다.

"얘들아, 저기 학교에 가 볼까? 저게 서울에서 제일 유명한 학교 마즈-K 란다. 마즈(Mars)는 화성인 줄 알지?"

"네, 알아요. 아까 옆에 있는 사람들이 말하는 것을 들었는데, 2044년에 한국인이 처음으로 화성에 착륙하고 태극기를 꽂았다고 했어요."

찬우는 자랑스러운 얼굴로 말을 합니다.

"그래, 2033년엔가 우리가 달에 도착했고. 작년에 화성에도 갔지. 그곳에 도 로봇과 함께 갔단다. 위험한 일들은 로봇이 주로 하거든."

찬영이가 학교에서는 무엇을 하고 있는지가 궁금한가 봅니다.

"그럼 저 학교에서는 무엇을 가르쳐요?"

"로켓을 타고 우주 여행하는 방법, 또 화성에 도착해서 그곳에 집을 짓고 살 수 있는 법을 가르치지."

"아빠, 학생들이 말은 하지 않고 몸짓만 하네요. 무슨 수화 비슷한 것인가요?"

"아니다. 저 학생들은 텔레파시를 사용한단다. 머릿속으로 무엇을 생각하면 주위 사람들이 무엇을 생각하는지 알 수 있지. 딱히 말을 하지 않아도 서로의 생각을 나눌 수 있단다."

"아빠, 저기 운동장에서는 학생들이 우주복을 입고 무엇을 하고 있는데요?"

59

"응, 저 학생들은 실제 화성에 도착한 지구인처럼 생활하는 훈련을 하고 있어. 오전엔 우주복을 입고 나가 두터운 장갑을 낀 손으로 흙을 담는단다. 탐사 지역을 파악하기 위해 카메라를 들고 촬영도 하지. 화성에는 물이 귀하다 보니 자신이 쓴 물을 깨끗이 해서 다시 써야 한단다. 지구와 화성의 거리 차이 때문에 지구에서 '야!' 하고 말하면 화성에 도착할 때까지 20분을 기다려야 해. 저기 안테나같이 생긴 것이 계속 돌아가고 있지? 저건 태양을 이용해 전기를 생산하는 장비란다. 화성에서 살려면 꼭 필요하단다."

"큰아빠, 저도 여기서 공부하고 싶어요. 재미있을 것 같아요."

"자, 이젠 다시 2015년으로 돌아가야 할 시간이다. 짧았지만 2045년의 세 가지 미래를 구경했는데, 어떻게 생각하니?"

**각각의 미래에서 좋은 점들만 모아서 생각해 봐요**

찬우가 어른스럽게 얘기를 시작합니다.

"모든 미래가 실제 일어날 수 있다는 것을 깨달았어요. 아직 어떤 미래가 좋은지는 잘 모르겠어요. 각 미래가 장점도 있고 단점도 있는 것 같아요. 좋은 점들을 모아서 새로운 미래를 만들 수도 있을 것 같고요. 내가 어떤 미래를 선택하고 그 미래가 이뤄지도록 노력하면 된다니까 앞으로 계속 생각해 보려고요."

"그래, 좋아. 미래에 대해 많이 배운 것 같구나. 그럼 이제 우리가 사는 세상으로 다시 출발!"

신나는
로켓 타기!
내가 더 빨리
가야지!

# 석유가 사라지면 어떻게 살죠?

많은 미래학자들이 환경 파괴, 자원 고갈을 가장 많이 걱정합니다. 우리가 살고 있는 세계는 값싼 석유 자원이 풍부했을 때만 유지가 되기 때문입니다. 석유가 없는 세상을 상상해 보세요. 무엇을 타고 학교에 가고, 우리가 먹는 음식을 만들기 위해서 어떻게 음식 재료들을 가정으로 운반해 올 수 있을까요? 외국으로 여행 갈 때 타고 가는 비행기도 석유가 있어야 날아갑니다. 우리가 사용하는 플라스틱도 석유가 없으면 만들 수 없어요.

### 우리는 꼭 갚아야 할 '환경 부채'가 있어요

그런데 모든 자원은 영원하지 않습니다. 석탄이나 석유처럼 쓰면서 점차 사라진답니다. 석유를 대체할 수 있는 에너지 자원이 개발되어야 하는데 석유만 한 것이 아직은 없어요. 원자력발전소는 많은 에너지를 경제적으로 만들 수는 있지만 에너지를 생산할 때 나오는 핵쓰레기 처리 문제 때문에 안전한 에너지라고 할 수는 없답니다.

일본 후쿠시마에 있는 원자력발전소가 지진에 의해 파괴되면서 아주 많은 방사선 물질들이 공기 속으로 그리고 땅속과 바닷물 속으로 흘러 들어가면서 큰 재앙이 덮쳤습니다. 그래서 요즈음은 독일이나 프랑스 같은 나라에서는 원자력발전소의 수를 점차 줄여 가거나 아예 만들지 않을 계획까지 세우고 있답니다.

그리고 태양에너지, 풍력에너지 등도 좋기는 하지만 석유를 대신할 만큼 에너지 효율이 높지는 않아요. 한국도 대체 에너지를 개발해야 하는데, 요즘 정부의 상황이 에너지 개발에만 집중할 수 없어서 미래가 걱정이랍니다. 그래서 몇 명의 경제학자와 생태학자, 미래학자들은 이 문제를 해결하려면 '환경 부채'라는 것을 만들어야 한다고 주장하고 있답니다.

부채는 빚을 말합니다. 내가 100원을 빌렸다고 하면 100원이 부채지요. 중요한 것은 빚을 갚을 수 있는 능력이 있느냐는 것이에요. 100원을 빌렸어도 다음 달에 200원을 벌 수 있으면 그 빚을 갚을 수 있지요. 그런데 빚 갚을 능력이 없으면 결국에는 망하게 됩니다. 마찬가지로 우리가 환경을 오염시켰기 때문에 환경에게 빚을 진 겁니다. 이게 바로 '환경 부채'랍니다. 이 빚은 우리늘이 꼭 갚아야 할 빚이랍니다.

**지구 회복 능력보다 더 많은 자원을 쓰면 안 돼요!**

환경 부채는 '한 사람이 쓰고 원래대로 회복할 수 있는 자원의 양'에서 '회복할 수 없을 만큼 써 버린 자원의 양'을 빼서 계산합니다. 지구는 원상태로 회복하는 힘이 있으나 한계가 있지요. 우리가 지구의 회복 능력보다 더 많이 자원을 사용하면 결국 우리는 파산하게 되고, 미래 세대가 그 빚을 떠안게 된답니다.

한 개인이, 기업이 그리고 사회가 스스로 회복할 수 있는 양을 넘어서 소비한다면 그만큼 환경 부채는 증가하게 되지요. 앞으로 존경받는 기업은 지금 이 시대를 살고 있는 사람들과 미래를 실어갈 사람들을 위해 이익을 균형 있게 조절할 수 있는 기업이 될 것이라고 생각하고 있답니다.

# 4 미래에는 어떤 일을 할까요?

나는 로봇를
연구하는 과학자가
되고 싶은데.
로봇 요리연구가!
와, 정말 재미있겠는걸.
같이 연구하자!
제발…
식사하세요
나는 로봇 요리연구가가 될
거야! 내 생각대로 로봇이
요리를 하도록 할 거야.

여러분은 학생이어서 공부하는 게 일이지만, 어른이 되면 여러 가지 다양한 일을 하게 됩니다. 앞으로 20년 뒤, 여러분은 어떤 일을 하고 있을까요? 어떤 일을 해야 즐거울까요? 어떤 일이 사회에서 꼭 필요한 일일까요?

## 미래에는 어떤 직업이 생길까요?

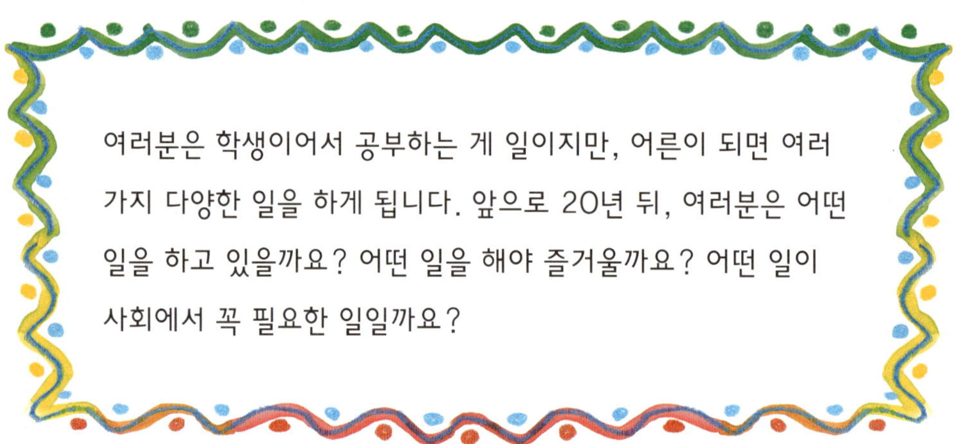 미래의 직업을 탐험하기 전에 우리가 모르는 수많은 직업이 현재 있다는 것을 알 필요가 있어요. 여러분이 알고 있는 직업은 몇 개 나 되나요? 아는 직업에 대해서 한번 말해 보세요.

"의사, 학교 선생님, 대학 교수, 로봇 공학자, 요리사, 탤런트, 가수, 건축 가, 목수, 공무원, 비행기 조종사, 디자이너, 작가, 예술가, 회사원, 연구원, 편의점 주인…."

생각해 보면  더 있을 거예요.

선생님이 찾아본 직업을 몇 개 말해 볼 테니, 이 직업에 대해 들어본 어린이가 있는지 궁금하네요.

"음악으로 몸과 마음을 치료하는 음악 치료사, 몸에 문신을 새겨 주는 타투이스트, 탐정 역할을 하는 민간 조사관, 커피 전문가인 바리스타, 애완동물을 돌보는 애완동물 시터, 에너지를 아껴 쓰두록 도와주는 에너지 절감원, 발에 꼭 맞는 신발을 찾아 주거니 만들어 주는 슈피디, 내 몸의 특징을 알려 주는 유전학 상담 전문가, 발 치료 전문가, 자신의 집에서 남의 아이를 돌보는 차일드 마인더, 가족이나 친구가 죽어서 고통스러워하는 사람들을

## 직업이 이렇게 많이 있대요!



우리나라의 '한국고용정보원'이란 곳에서는 현재 어떤 직업들이 있는지 조사하고 있지요. 이곳에서 펴낸 자료를 보니까, 한국에는 2012년 기준으로 11,655개, 일본에는 16,433개 그리고 미국에는 30,654개의 직업이 있다고 합니다. 우리들이 상상도 못했을 만큼 직업이 많지요?

도와주는 사람들, 기업의 특징 및 업무를 설명해 주는 기업 안내인 등이 있어요"

### 스스로 새로운 직업을 만들어 봐요!

선생님이 말한 것 가운데 잘 모르는 직업도 있지요? 왜냐하면 선생님이 말한 직업들 대부분은 일본이나 미국에 많답니다. 재미있는 직업 많죠? 문화와 역사, 지역의 환경이나 제도에 따라 직업의 종류와 개수에 차이가 있다고 합니다.

하지만 미국이나 일본의 직업 수와 비교해 보면 한국은 아직도 더 많은 직업들이 생겨야 할 것 같습니다. 앞으로 여러분들이 스스로 직업을 만들 수도 있답니다. 그럼 여러분이 그 직업에선 최초의 사람이 되겠죠. 근사하겠죠?

# 차근차근 하고 싶은 일이 무엇인지 생각해 봐요

이렇게 다양한 직업을 알아 놓으면 앞으로 '내가 무슨 일을 할 수 있을까, 무슨 일에 관심이 있을까?' 하는 질문에 답을 하기 쉬워져요. 직접 그런 일을 하는 사람을 만나 질문하는 것도 좋아요. 내가 상상하는 일이 종종 실제와 다를 수 있기 때문입니다. 그러니 이렇게 차근차근 내가 하고 싶은 일에 대해서 어렸을 때부터 생각하면서 꿈을 키워 가면 어른이 되었을 때 자신이 하고 싶은 일을 할 확률도 높고, 보람과 즐거움을 갖고 일을 할 수도 있지요. 우리 어린이들도 가끔씩 무엇을 잘하는지, 무엇을 하고 싶은지에 대해서 생각해 보세요. 이런 생각들이 자신의 꿈을 좀 더 실현 가능하도록 만들어 준답니다.

**미래에는 남북한 문화 중개인 같은 직업이 생길 수 있어요**

그럼 미래에는 어떤 직업이 있을까 탐험해 볼까요? 그러려면 미래 사회

는 어떤 모습일지를 상상해야죠. 우리는 이미 다양한 미래의 모습을 살펴보았어요. 미래에서 필요한 일은 무엇일까를 상상하면 여러분이 어른이 됐을 때 할 수 있는 일들이 보일 거예요.

우리가 여행한 첫 번째 미래는 어떤 모습이었나요?

남한과 북한이 통일이 되어 서울에서 자기부상열차를 타고 중국과 유럽까지 갈 수 있고, 우리나라에 다양한 나라에서 온 외국인들도 많이 살고 있었지요.

그럼 이런 미래에선 어떤 직업이 생겨날까요?

통일이 됐지만 남한과 북한 사람이 만나면 서로 어색할 것 같아요. 가장 가까운 곳에 살고 있는데도 서로 만나지 못했잖아요. 그래서 남한과 북한 사회를 둘 다 이해하고 이들이 만나 함께 일할 수 있도록 도와주는 직업이 생길 것 같아요. 예를 들어서 '남북한 문화 중개인' 같은 직업 말이에요.

**동물의 언어를 인간의 언어로 번역해 주는 기술도 생각해 봐요**

그리고 서울에 아주 많은 외국인들이 살고 있으니까, 서로 말이 통하도록 해 주는 사람도 있어야 할 것 같지요.

실시간으로 통역, 번역해 주는 기술, 우리말로 하면 영어, 일어, 중국어, 아프리카어로 바로 번역해 주는 기술이 있다면 편리하겠지요. 그런 기술을 발명하는 직업도 있을 것 같습니다. 그리고 더 나아가서 동물의 언어까지 인간의 언어로 번역해 주는 기술도 생기지 않을까요?

학교에선 숙제가 없어지고 대신 학생들은 각자 기업의 일에 참여한다고 했잖아요. 그럼 어린이들은 어렸을 때부터 자신이 무엇을 잘하는지 알아야 할 것 같아요.

### 개인용 소형 비행기를 개발하는 기술자도 생겨요

학생들은 각자 자신의 프로젝트를 하고, 모르는 것은 컴퓨터에 물어보면서 공부를 한다고 하니 미래의 학생들은 자신의 장점이 무엇인지도 잘 알 것 같아요. 사람마다 소질이 달라 잘할 수 있는 일이 다를 텐데, 개인 맞춤

형 능력이나 잠재력을 발견해 주는 직업도 있으면 좋겠네요. 20년 뒤면 생물 공학이 발달해서 우리 두뇌를 사진으로 찍어 분석해서 각자 적성이나 특이한 능력을 발견할 수 있을 것 같습니다.

게다가 5백 층 높이의 빌딩에 올라가려면 개인용 소형 비행기를 타야 하잖아요. 그러니 미래에는 1~2인용 소형 비행기를 만드는 기술자도 생길 것 같아요. 그리고 길이 막힐 때도 소형 비행기를 이용할 수 있으니 좋을 것 같아요.

컴퓨터가 더 발달하면 미래에는 컴퓨터 안으로 들어가 살 수도 있을 것 같아요. 컴퓨터 게임을 하다 보면 때때로 그 안으로 들어가고 싶을 때가 있잖아요. 우리는 앞으로 많은 시간을 가상 공간에서 보낼 수도 있답니다. 컴퓨터 게임으로 농작물을 기를 수도 있고, 사막어우 같은 희귀 동물을 가상으로 키워 볼 수도 있겠지요. 가상 공간에서 나를 닮은 아바타가 이곳저곳을 돌아다니며 많은 친구를 사귈 수도 있고, 그 경험을 우리에게 말해 줄 수도 있겠지요. 이런 서비스를 해 주는 직업도 나타날 것 같은 생각이 드네요.

### 에너지 자원을 개발하는 직업도 필요해요

두 번째 미래에서도 우리가 할 일들과 할 수 있는 일들이 많아요. 두 번째 미래는 어떤 모습이었지요? 환경 오염과 에너지 자원 부족 등을 사람들이 슬기롭게 극복해서, 공기도 좋고 환경도 깨끗한 사회를 만들었잖아요. 그럼 그런 미래에선 어떤 직업이 필요할까요?

두 번째 미래에서는 조류로 움직이는 자동차가 있었잖아요. 식물이 자동차 연료가 된다는 게 참 신기하죠. 그래서 이렇게 여러 가지 에너지 자원을 개발하는 직업이 나올 것 같아요.

한때는 이산화탄소를 발생시키지 않으면서도 값싼 에너지를 얻을 수 있는 원자력발전소가 인기였잖아요. 그러나 요즘에는 핵쓰레기 처리 문제 때문에 세계 여러 나라에서 사용하기를 꺼리고 있답니다. 그래서 앞으로는 핵쓰레기를 땅에 묻지 않고 효과적으로 없애는 기술이 나올지도 모르겠네요.

태양열을 이용한 에너시나 바람을 이용한 풍력에너지 자원노 좀 더 경제적으로 개발될 수도 있을 것 같고요. 이런 생각들을 모두 하다 보면 각 가정에서 에너지를 생산하는 발전 기술도 나올 수 있고, 쓰레기 같우 폐자원을 활용해 디시 에너지를 얻는 기술도 개발될 수 있겠지요. 그러니까 이린 분야에서 새로운 직업이 많이 나타날 것 같다는 생각이 듭니다. 여러분은 어떤 생각이 드나요?

## 뛰면서 전기를 생산하는 축구장

브라질의 리우데자네이루에는 신기한 축구장이 있답니다. 브라질 사람들은 축구를 무척 사랑하고 좋아하잖아요. 이곳의 어린이들은 밤에도 축구를 즐긴답니다. 그런데 밤에 축구를 하려면 축구장이 환해야 하잖아요. 그러려면 많은 전기가 필요해요. 그래서 돈이 많이 들지요.

그러나 가난한 빈민가 사람들은 그럴 돈이 없답니다. 그래서 축구장을 지을 때, 아예 바닥에 사각 패널을 깔아 그 위를 뛰어다니면 전기가 생산되도록 했습니다.

축구장에서는 모든 선수들이 뛰어야 경기를 할 수 있다는 데서 이런 발명품을 생각해 낼 수 있었답니다. 신 나게 뛰어다니면 알아서 전기가 생산되니 얼마나 좋아요. 에너지가 부족한 시대가 되면 이런 기술이 우리 사회 곳곳에서 필요할 거예요. 스스로 전기를 만들지 못하면 전기를 쓸 수 없는 시대가 올 수도 있기 때문입니다.

## 서로 돕고 · 나누고 · 배려하는 느린 사회

두 번째 미래에선 누가 더 많이 가졌느냐로 사람의 능력을 판단하지 않고 각자 할 수 있는 일을 하고 필요한 것은 나누면서 살고 있었지요. 이 사회는 빠른 사회가 아니라 느린 사회이고, 소비보다는 물건을 아끼는 보존 사회를 닮았답니다.

요즘은 초등학교생들도 무척 바쁘게 살고 있지요. 학교 갔다 오면 학원 가야 하고, 집에 와서는 밀린 숙제해야 하고. 중학교 때 배울 수학도 미리 공부해야 하고. 그런데 이처럼 느린 사회가 온다면 어떻게 될까요?

### 치열한 경쟁 사회가 아닌 마음이 함께 성장하는 사회

느린 사회는 자기가 할 수 있는 것만큼만 하는 사회라고 할 수 있습니다.

일을 통해서 자기가 얻을 수 있는 것들에 만족하고, 다양한 사람과 관계를 맺고, 마음이 함께 성장해 가는 사회랍니다. 지금처럼 치열한 경쟁 사회가 아니라 서로 돕고, 나누고, 배려하는 사회이지요.

이 미래 사회에서는 어른이 되면 재미있는 일을 스스로 찾아서 할 수 있답니다. 어려서부터 자신이 좋아하는 게 무엇인지를 알고, 그 분야의 공부를 하고 어른이 되어서는 자연스럽게 그 일을 할 수 있는 사회니까요. 느린 사회라고 해서 꼭 경쟁에 뒤처지는 사회는 아니랍니다.


**머릿속의 생각을 남에게 전달해 주는 사회**

세 번째 미래에는 어떤 일들이 우리들을 기다리고 있을까요.

로봇 친구랑 노는 미래예요. 로봇과 화성에도 가고 우주 여행도 할 수 있는 미래였잖아요.

우주에서 지구를 보면 그렇게 아름답다고 하잖아요. 지금은 비행기를 타고 다른 나라에 가지만, 미래에는 로켓을 타고 우주정거장에 가서 지구 주위를 여행할 수도 있을 것 같아요.

지구궤도만 도는 우주선이 개발되면 우주선을 움직이는 조종사도 필요하고, 승무원도 있어야겠지요.

그리고 이 미래에서 텔레파시로 마음을 전달하는 것이 자연스럽게 될 수도 있답니다. 그 기술은 벌써 실험을 했지요. 인터넷으로 연결된 두 사람이 말하지 않고 서로의 생각을 주고받는 실험에 성공했답니다. 앞으로 머릿속의 생각을 남에게 전달해 주는 기술이 개발될 수도 있지요. 그럼 어떤 직업들이 생기게 될까요?

마음을 읽는 사람이 나타날 수도 있겠죠. 그런데 약간 무서운 생각이 드네요. 우리들의 마음을 들킬까 봐요. 그리고 마음을 훔치는 사람도 나타나겠지요. '마음 해커' 이런 사람을 잡는 경찰두 등장하고, 훔쳐 간 마음 때문에 심리적으로 고통받는 사람을 치료하는 의사도 생길 수 있겠고요.

## 미래를 위해 공부하고 연구한다면 소원을 이룰 수 있어요

이렇게 앞에서 미래 여행을 떠난 2045년은 모두 각각 다른 사회랍니다. 같은 2045년 서울이라고 해도 우리들이 어떻게 창조적인 생각을 하고 꿈을 꾸느냐에 따라서 미래는 달라질 수 있답니다. 어린이들의 미래도 여러분이 창조적인 성성을 하고, 꿈을 실현시키기 위해서 계속 공부하고 연구한다면 소원을 이룰 수 있습니다. 그리고 이제까지는 없었던 직업까지 만들어 낼 수도 있겠죠!

# 상식을 뛰어넘는 인간의 미래

'바이오닉스(Bionics)'라는 연구 분야가 있어요. 우리말로는 생물 공학 또는 생체 공학입니다. 교통사고로 팔 한쪽을 잃은 여성, 청각 장애를 안고 태어난 어린 아이가 생체 공학의 도움으로 장애를 극복하고 새로운 삶을 살도록 도와주는 기술이지요.

《내셔널 지오그래픽스》라는 잡지에 소개된 사례를 볼까요. 45세의 여성, '아만다 키츠'는 팔이 없는 어깨에 몇십 개의 전자 센서를 붙이고는 뇌의 신호에 따라 어떻게 신경이 움직이는지 몇 차례 검사를 받았어요. 검사 뒤에 어깨 신경 체계와 로봇 팔을 연결했지요. 그랬더니 자연스런 인간의 팔처럼 로봇 팔을 사용하게 됐답니다. 이 잡지에서는 아만다처럼 생체 공학의 도움으로 새롭게 태어난 사람들을 '미래의 인류(tomorrow's people)'라고 불렀어요.

### 로봇과 인간이 결합하는 '트랜스휴먼'

새로운 인류의 등장을 암시하는 '트랜스휴먼(trans-human)'이란 말은 로봇과 인간의 결합을 뜻해요. 트랜스휴먼은 나노 공학, 생명 공학과 로봇 공학이 서로 영향을 주고받으며 탄생할 것으로 예측되지요. 그래서 인류에게 새로운 세계를 열어 주는데, 그 결과는 '로봇 같은 인간', '인간 같은 로봇'이 등장한다는 것입니다. 그렇다면 트랜스휴먼 시대를 열어갈 첫 번째 사람은 누가될까요?

트랜스휴먼이 되기를 바라는 사람들은, 지금 살고 있는 세상이 아주 불편하다고 느낄 거예요. 선천적이든 후천적이든 장애가 있는 사람은 트랜스휴먼 시대를 열어갈 선구자가 될 가능성이 높습니다. 이들이 트랜스휴먼이 되면, 미래에는 누가 장애인이고 누가 비장애인인지 구별하기도 힘들어진답니다. 과학 기술의 발전은 우리가 아는 상식을 뛰어넘는 새로운 세계를 보여 줍니다.

# 5 자신감과 믿음이
원하는 미래를 만들어요!

인터넷에 정말 좋은 정보들이 많아! 그렇지?
그런데 누구나 볼 수 있는 정보들이잖아.
그러니까 미래는 정보보다는 상상력이 더 중요하대.
상 상 력!
난, 지식을 쌓는 공부만 했는데…. 어쩌지?
상상력은 공부만으로는 안 되는 거잖아!

미래를 상상하는 능력은 아주 중요해졌어요. 20세기가 '정보'와 '지식'의 시대였다면 21세기는 '상상'과 '창조'의 시대가 될 것으로 보고 있답니다.

과거에는 '어떻게 하면 정보와 지식을 얻을 수 있을까?'에 대해 생각했다면, 앞으로는 정보와 지식을 어떻게 창의적으로 활용할 수 있을지가 더 중요하답니다.

## 빨리 변화하는 사회에서 살아남기

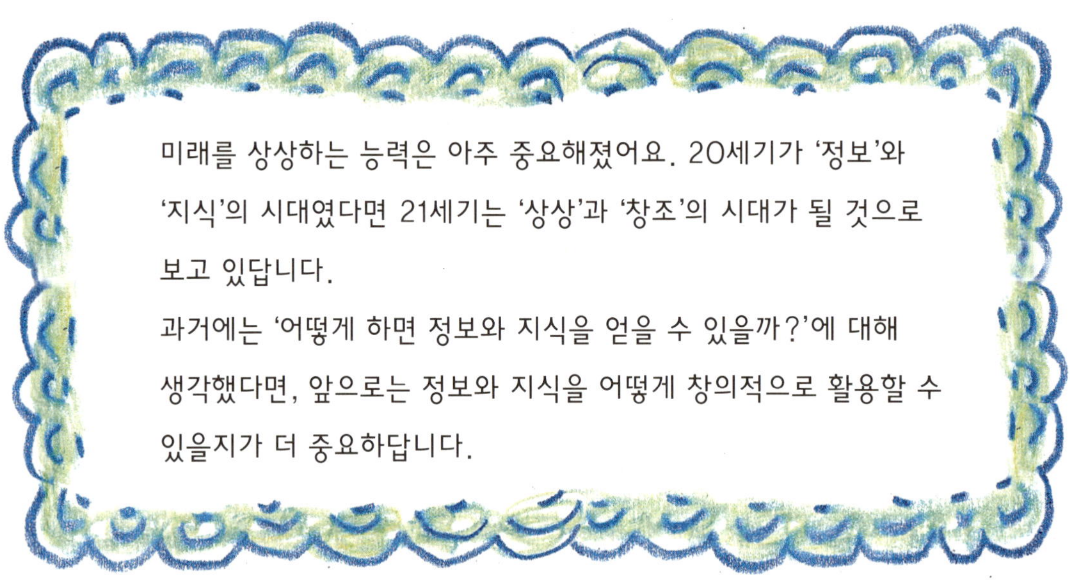

인터넷이 없던 시절에는 대학교에서 언니 오빠들을 가르치는 교수들은 지식을 쌓기 위해 직접 도서관에 가서 책을 빌리고 문서를 복사했지요. 하지만 지금은 그렇지 않아요. 세계 각국에서 수많은 정보를 인터넷에 올리고, 그 정보를 컴퓨터로, 스마트폰으로 손쉽게 누구나 볼 수 있답니다. 그래서 이제는 그 많은 지식을 바탕으로 창의적인 생각을 하는 것이 더 중요하다고 합니다.

미래를 상상하는 능력 개발이 중요한 또 다른 이유가 있어요. 미래는 우

리가 상상하기 힘들 정도로 다른 모습이 되어 있을 것이란 생각 때문이에요. 사회 변화의 속도가 더욱 빨라지고 있기 때문에 여러분의 할머니나 할아버지가 살았던 사회와는 아주 다를 거예요.

할머니 할아버지가 살았던 때는 건물 하나를 짓는 데에도 많은 시간이 걸렸잖아요. 텔레비전이나 라디오가 발명되고 집에 보급되는 데에도 많은 시간이 걸렸고요. 그런데 지금은 어때요? 자고 일어나면 세상이 변하는 것처럼 보이지요. 여러분이 사용하고 있는 스마트폰도 불과 몇 년 전에는 없었던 거잖아요. 이렇듯 빨리 바뀌는 사회에서 다양한 미래를 상상하고 이를 준비하는 능력은 아주 중요하답니다.

**미래를 상상하는 연습을 많이 하세요**

어린이 여러분이 앞으로 "어떤 미래가 우리에게 다가올까?"라는 질문을 하면서 미래를 상상하는 연습을 하면, 다음의 네 가지 새로운 능력을 개발할 수 있습니다. 이 네 가지 능력을 갖추게 되면 어떤 미래가 와도 흔들리지 않고 잘 살아갈 수 있답니다.

첫째, 새로운 의미를 갖는 단어를 만들어 낼 수 있는 능력이 생겨요. 지금 여러분이 사용하고 있는 많은 단어들은 과거에는 없던 것이랍니다. 인터넷, 스마트폰, 로봇, 엑스레이, 텔레비전, 전기, 아파트, 자동차 등을 예로 들 수 있지요.

누군가는 이런 말을 처음으로 만들어 냈어요. 처음 만들어 냈을 때는 주위 사람들이 뭐라고 했을까요? 말도 안 되는 이야기라고 비웃었을 겁니다. 말이 끄는 마차의 시대에 누군가 자동차가 나올 것이라고 이야기했다면 비웃음을 샀겠죠? 그런데 자동차를 예상한 사람은 나름대로 근거가 있었을 거예요. 그래서 근거를 갖고 계속 상상해 보니 어느 순간, "아하! 그럼, 말이 아닌 기계가 사람을 태워 줄 수 있는 어떤 것이 생기겠구나!" 하는 결론에 이르게 됐을 겁니다.

**새로운 말을 만들어 내는 어린이는 훌륭한 미래학자가 될 수 있어요**

미래 연구는 "그 다음은 무엇이 나올까?" 하는 질문을 끊임없이 하는 것이라고 했지요? 바로 이 질문을 계속하다 보면 지금은 볼 수 없는 새로운 현상을 상상하게 되고, 이 새로운 현상에 이름을 붙이다 보면 단어들을 조합해 새로운 단어를 만들어 낼 수도 있게 됩니다. 새로운 말을 많이 만들어 내는 어린이는 훌륭한 미래학자가 될 소질이 있답니다.

## 미래를 상상하다!

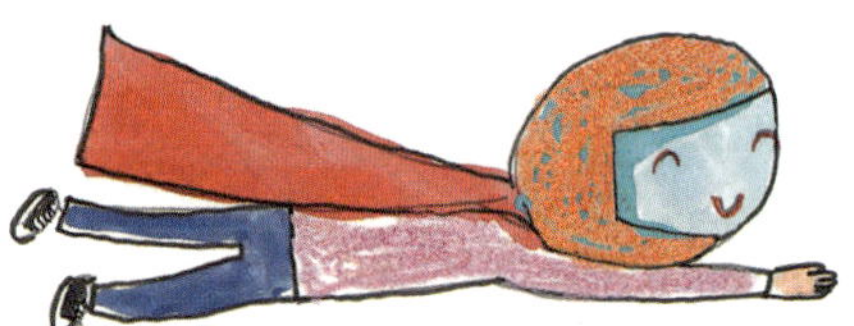

'미래를 상상하다.'를 영어 단어로 '포캐스팅(forecasting)'이라고 해요. '상상한
미래를 현재에 실현하다.'는 영어 표현으로는 '백캐스팅(backcasting)'을 써요.
'무엇을 던지다.'는 뜻의 '캐스팅(casting)' 앞에 '포(fore)'와 '백(back)'이 각각
붙어 있어요.
이때 포는 앞을 뜻하고 백은 뒤를 뜻하죠. 'backcasting'의 예를 들면
2030년에 우리가 상상하는 미래를 실현하려면 2025년에는 어떤 일을 하고,
2020년에는 어떤 일을 하고, 2015년에는 어떤 일을 해야 하는지에 대해
계획을 세우는 거예요. 미래로부터 현재까지 거꾸로 되짚어 오면서 미래를
실현할 계획을 세우는 것이랍니다.

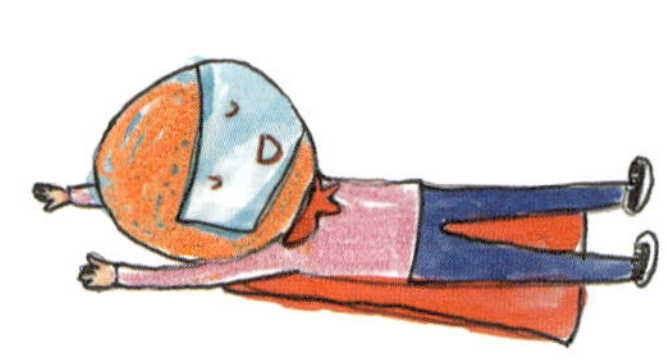

# 상상하고, 실천할 수 있는 미래를 준비해요

둘째, 여러분이 상상한 것을 실천하는 능력이 개발됩니다. 미래를 공부하는 사람들은 미래를 상상만 하는 게 아니라 상상한 미래를 어떻게 현실에 실현시킬 수 있을지에 대해서도 많은 연구를 합니다.

여러분이 10년 뒤 어느 대학에 가서 로봇 공학을 배우고 싶다면, 지금부터 무엇을 준비해야 할까요? 초등학생이라면 어려운 공부는 할 수 없을 테니 로봇과 관련 있는 다양한 글이나 만화를 보는 것도 좋을 듯싶어요.

## 로봇 공학을 배우고 싶으면 우리 몸과 마음을 이해해야 돼요

로봇이 인간을 대신해서 하는 일은 무엇인지 알아보는 것도 좋아요. 그럼 로봇이 왜 필요한지 이해할 수 있답니다. 인간의 몸과 마음을 흉내 내는 것이 로봇이니까, 인간을 이해하는 공부도 필요하겠죠. 우리 몸은 무엇으로 이뤄

졌을까, 어떻게 움직이는 것일까, 마음은 어떻게 생기는 것일까? 이런 질문에 답하다 보면 그게 로봇을 만드는 밑거름이 될 수 있답니다.

초등학교 고학년이나 중학교에 올라가면 직접 로봇을 만드는 동아리 활동을 할 수 있어요. 레고 놀이로 로봇을 만들 수도 있지요. 단순하지만 귀여운 로봇을 만들다 보면 점차 로봇을 움직이는 공학이 무엇인지 이해할 수 있답니다. 그래서 로봇 공학을 전문적으로 가르치는 고등학교에 입학하거나 로봇과 관련 있는 공학을 공부하는 대학에 들어가도 됩니다. 컴퓨터, 통신, 기계, 전자 공학 등도 공부할 수 있지요.

### 도전하는 힘을 길러요

보세요, 미래의 꿈이 생기니까 그걸 이루기 위해 내가 지금 할 수 있는 것이 무엇인지 알게 되잖아요. 이처럼 미래를 상상하고, 미래가 정말 우리 마음에 들 때, 우리는 미래를 실제로 창조하려는 결심을 하게 되죠. 결심을 행동으로 옮길 때, 실천 능력이 개발된답니다.

셋째, 미래를 상상하다 보면 사회를 지배하는 사람들의 생각에 도전하는 힘이 생겨요. 사회를 지배하는 생각은, 사람들 대부분이 동의하는 것으로 대부분 옳다고 믿고 있는 생각을 말합니다. 지구가 태양의 주의를 돌고 있다는 사실을 알지 못했을 때, 많은 사람들은 태양이 지구의 주위를 돈다고 생각했지요.

그러나 이런 지배적인 생각에도 불구하고 이탈리아의 물리학자이자 천문학자인 갈릴레오 갈릴레이는 그렇지 않다고 생각했지요. 그래서 지구가 태양의 주의를 돈다는 '지동설'을 제기했어요. 다 아는 이야기죠? 그러나 그 시절에 많은 사람들이 옳다고 생각하는 것에 반대의 생각을 갖고 갈릴레이가 노선했잖아요. 결코 쉽지 않았을 거예요.

미래를 상상하면 왜 사회의 지배적인 생각에 도전하게 될까요? 그건 첫 번째 능력과 관련이 있어요. 새로운 의미를 갖는 단어를 만들어 내면, 그 단어는 곧 사회의 지배적인 생각에 도전하게 되는 거예요.

**우체통으로만 편지를 보낼 수 있을 때는 이메일을 믿지 않았어요**

이메일을 예로 들어볼까요. 모두가 편지지에 글을 써서 편지 봉투에 넣고 우표를 붙여서 우체통에 넣어 소식을 전하는 시대를 생각해 봐요. 누군가 인터넷이 생겨서 이메일로 소식을 전할 수 있다고 했을 때 많은 사람들은 믿지 않았답니다. 지구가 태양 주위를 돈다고 말했던 갈릴레이처럼 비웃음을 받았겠지요. 그러나 시대는 변해서 이제는 이메일을 사용하지 않는 사람

이 거의 없어요.

역사의 발전은 이렇듯 당연하게 받아들이고 있는 생각이 틀렸다고 주장하고 도전하는 데에서 이뤄집니다.

### 엄마 아빠 그리고 다른 사람들과 소통할 수 있어요

넷째로 많은 사람과 대화할 수 있는 힘이 생기지요. 친구들, 부모님 그리고 다른 사람들과 함께 미래를 상상할 때 훨씬 근사한 미래를 상상할 수 있다는 것을 알게 됩니다. 이런 힘을 '의사 소통력'이라고 해요. 나만 옳고 다른 사람의 생각은 틀렸다는 잘못된 고집도 버릴 수 있게 된답니다.

미래는 여러 가지 것들이 서로 작용하면서 만들어지는 시간이자 공간입니다. 여러 가지 것들을 생각하려면 혼자만의 지식과 상상력으로는 부족해요. 친구들의 지혜를 빌리고 서로 토론하면서 미래를 상상해야 합니다. 그래서 선생님은 미래를 연구할 때 다른 사람들과 함께합니다. 그래야 서로 무엇이 부족한지 잘 알 수 있거든요. 부족한 부분이 무엇인지 알게 될 때 더 많이 배울 수 있어요.

# 미래 효능감인 자신감을 키워요

미래를 공부하는 사람들은 이 네 가지 힘을 미래 '효능감(self-efficacy)'이라고 합니다. 좀 어렵지요? 효능이란 일의 보람이나 어떤 작용을 나타내는 능력을 말해요. 효능감이란 쉽게 말하면 자신감이에요. 내가 무엇을 할 수 있다는 믿음을 말합니다. 그래서 미래 효능감이 있는 친구들은 스스로 미래를 상상할 수 있고, 다가올 미래 사회에 영향을 미칠 수 있다고 믿는답니다.

### 스스로에 대해 믿음을 갖는 게 중요해요

사회를 변화시킬 수 있다는 믿음을 갖는 게 아주 중요합니다. 사회 변화가 심할 때, 믿음은 중요해요. 믿음이 없으면 우리는 변화에 손을 들 수밖에 없기 때문입니다.

우리가 변화에 적응하는 것뿐 아니라 필요한 변화를 일으키고, 또 우리가 일으킨 변화에 책임도 질 수 있다는 믿음을 가질 때, 우리는 삶의 주인이 될 수 있답니다. 그렇기 때문에 여러분 모두 이런 믿음을 갖고 자랐으면 좋겠습니다.

미래 효능감을 개발하려면 미래를 상상하는 시간이 있어야 합니다. 부모님과 함께 재미있게 미래를 상상하는 놀이를 해 보세요. 창의력을 향상시키는 '단어 바꿔치기 게임'을 통해 다양한 미래를 상상해 보고 미래에 대한 자신감도 키워 보세요.

# 미래를 예측할 수 있는 단어 바꿔치기 게임

미래를 예측하는 것은 그리 어렵지 않아요. 여러분 가운데 로봇 공학자가 될 꿈을 가진 어린이가 있다고 해 봐요. 미래 사람들은 어떤 로봇을 원할까요? 엄마 아빠와 함께 단어 바꿔치기 게임으로 미래에 어떤 로봇이 나타날지 상상해 보세요. 이 게임은 아주 쉽고 재미있답니다.

### 잘 알고 있는 단어와 그렇지 않은 단어를 바꿔치기해요

이 게임의 원리는 간단해요. 내가 잘 알고 있는 단어와 잘 알지 못하는 단어를 바꿔치기하는 거예요. 창의력을 높이려면 때로는 엉뚱한 것과 연결시키는 놀이를 하면 좋습니다. 새를 보고 하늘을 나는 꿈을 꾸었던 '라이트 형제' 아시죠? 이렇게 엉뚱한 생각은 미래에 기가 막힌 아이디어가 될 수 있답니다.

그럼 이제 단어 바꿔치기 게임을 해 볼까요. 먼저 여러분이 잘 알고 있는 단어를 하나 생각해 보세요. 어떤 단어라도 좋아요. 동생이라는 단어를 생각했다고 해 봐요. 그런 다음 동생에 대한 느낌을 7개 이상 써 보세요. 동생이라는 단어에서 생각할 수 있는 느낌들, 예를 들면 '밉상, 코흘리개, 고집, 노예, 투덜이, 핏줄, 찌질이'라는 단어들과 연결할 수 있겠죠. 엄마 아빠도 함께해 보세요.

그런 다음 이번에는 동생이라는 단어를 로봇이라는 단어로 바꿔치기합니다. 로봇이라는 단어와 밉상, 코흘리개, 고집, 노예, 투덜이, 핏줄, 찌질이라는 단어를 강제로 연결시켜 보세요. 로봇과 밉상을 연결하면 어떤 로봇이 탄생할까, 로봇과 코흘리개를 연결하면 어떤 로봇이 나타날까 생각하면서 미래를 상상해 보세요.

**다양한 서비스 로봇을 함께 만들 수 있어요**

예를 들면 밉상이라는 단어와 로봇을 연결하면 '성격 개조 로봇'을 만들 수 있답니다. 로봇이 사람의 못된 성격을 바꾸는 데 사용될 수 있겠지요. 코흘리개와 로봇을 연결시키면 '코 청결 유지 로봇'을 만들어 낼 수 있고요, 콧물이 많이 나오는 사람에게 쓸모가 있겠죠'?

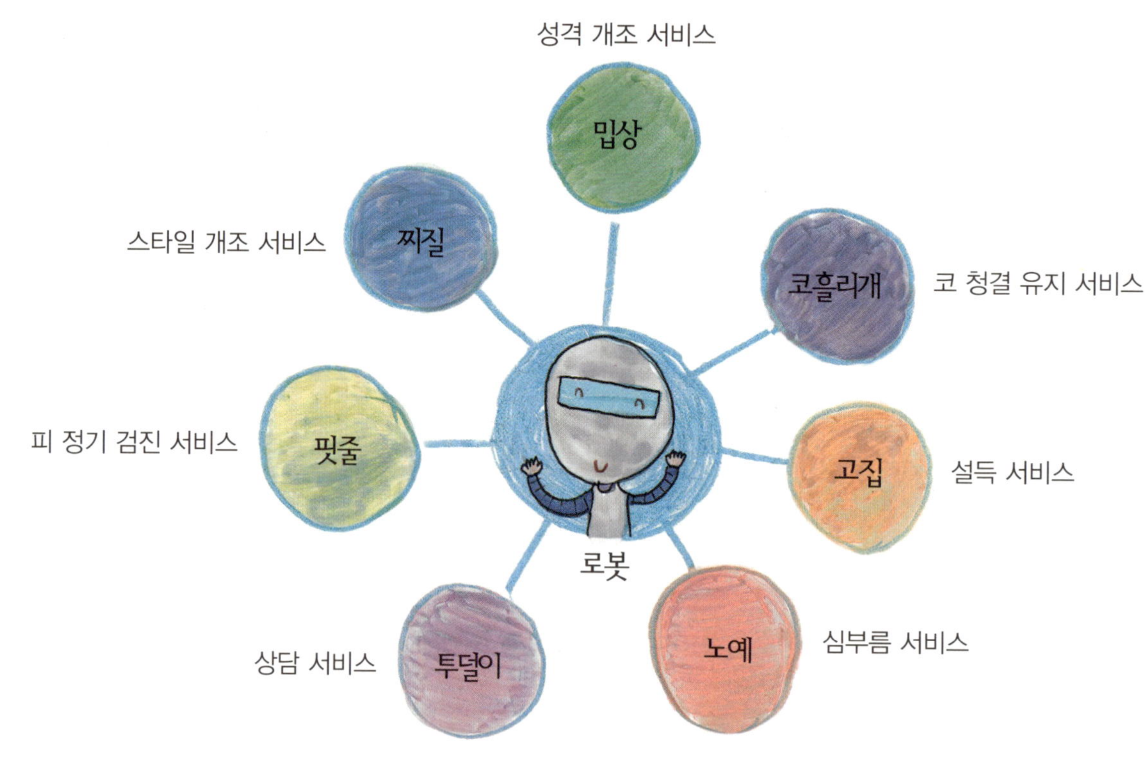


합동 연구 ; 홍익대학교 국제디자인대학원 김원택 교수팀

이런 식으로 새로운 로봇을 만들어 내면 그게 바로 미래에 탄생할 로봇의 종류가 된답니다. 이런 방법을 디자인 학과에선 '랜덤워드(random word)'라고 하는데, 연결하기 어려운 두 단어 앞에서 예를 들었던 동생과 로봇을 연결해서 미래의 새로운 제품이나 서비스를 상상할 때 사용한답니다.

예전에 휴대폰을 밀어서 여는 제품이 유행했잖아요. 이 아이디어는 휴대폰과 거북이를 연결시켜서 얻었다고 해요. 거북이 목이 들어갔다가 쑤욱 나오는 데서 힌트를 얻었다네요.

### 나비를 생각하고 미래 요리로 단어 바꿔치기를 해 봐요

그럼 이번에는 여러분이 엄마 아빠와 직접해 볼 차례예요.

'나비' 하면 생각나는 것을 모두 적어 보세요. 10개 이상 생각나는 것을 썼다면 이번에는 나비를 요리사로 바꿔 보세요. 그럼 미래의 요리사는 어떤 요리를 만들어야 할지 상상할 수 있어요. 그 요리 목록은 과거나 현재에서 맛볼 수 없는 것이어야 합니다. 미래 사람들은 '어떤 음식을 좋아할까, 싫어할까?'를 상상하면서 엄마 아빠와 함께 미래에 먹게 될 음식의 종류를 만들어 보세요.

# 6 미래를 창조한 사람들 이야기

미래를 창조한다는 뜻이 뭐지?
창조:
전에는 없는 것을 처음으로 만듦
글쎄? 미래를 만들어 간다는 뜻일 것 같은데…. 창조가 '전에는 없는 것을 처음으로 만듦'이란 뜻이니까.
그래, 네 말이 맞는 것 같아. 갑자기 미래를 누가 창조했는지 궁금해지는데!
흥미진진힐 것 같아!

영어로 리더는 지도자라는 뜻이지요. 무슨 일이건 앞장서서 하는
사람을 말한답니다. 그런데 선생님은 리더를 "미래를 창조하는
사람"이라고 말하고 싶어요. 창조적인 생각으로 미래를 이끌어
가잖아요. 그러니 우리 어린이들도 진정한 리더가 되고 싶다면
자신의 꿈을 키우면서 창조적인 생각을 하는 힘도 많이 키우세요.

## 상상을 현실로 만든 과학 소설가 아서 클라크

어린이 여러분은 과학 소설을 읽어 본 적이 있나요? 과학 소설은
과학적인 증거를 바탕으로 쓴 소설을 말하지요. 과학적인 사실을
재미있는 소설로 쓴 것이에요.

오늘은 선생님이 세계에서 과학 소설가로 아주 유명한 아서 클라크를 소
개하려고 합니다. 1917년 영국에서 태어났고, 2008년 스리랑카에서 돌아가
셨지요. 아서 클라크는 91년 동안 살면서 100권이 넘는 과학 소설을 썼어요.
클라크가 왜 유명한지 아세요? 그는 그냥 인기 있는 작가가 아니라 똑똑한

과학자이기도 했고, 수많은 미래를 예측했던 미래학자였기 때문이에요.

### 엉뚱한 공상이 취미였던 아이

어린 시절 클라크는 글로 잉뚱한 공상을 풀어내는 취미가 있었어요. 학교에서 펴내는 조그마한 잡지에 소설을 발표하기도 했지요. 스무 살이 되어서는 본격적으로 과학 소설을 쓰기 시작했답니다.

그는 동료들에게 이런 말을 했습니다.

"인류는 머지않아 지구궤도에 위성이란 것을 쏘아 올려서 이것으로 통신을 하게 될 거야."

주위 동료들은 정말 어이없다는 얼굴로 그를 쳐다보았지요.

"클라크, 그런 게 어떻게 가능하다는 말이냐? 말도 안 되는 얘기 좀 하지 마라!"

공군 장교로 일했던 1945년에 클라크는 한 잡지에 인류가 조만간 위성 통신을 이용하게 될 것이라고 예측했답니다. 1945년은 지금으로부터 무려 70년 전이에요. 전화기조차 사용하기 힘들었던 세상에서 인공위성으로 통신을 한다는 것은 아주 엉뚱한 생각이었습니다.

그러나 *소련이 1957년 세계 최초로 인공위성 스푸트니크를 쏘아 올려 클라크의 말도 안 되는 생각이 현실로 되었답니다. 클라크가 12년이나 빠르게 예측을 했지요.

### 한 사람의 아이디어가 세상을 바꿀 수 있어요!

지구촌이라는 말 알지요? 지구에 살고 있는 수많은 사람들이 마치 한마을에 살고 있는 것처럼 서로 연결되어 있다는 뜻인데요. 아서 클라크가 제

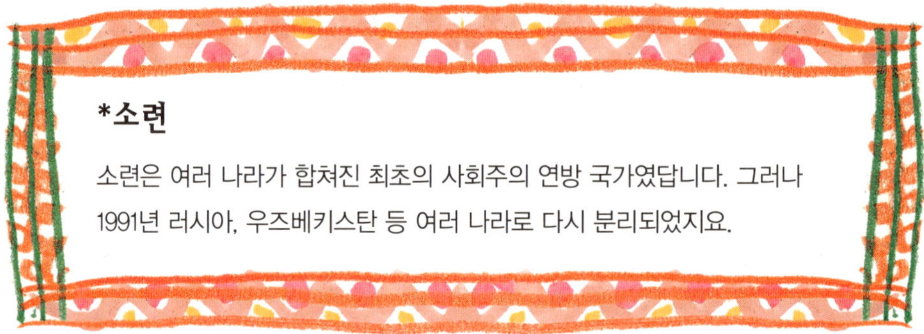

안한 통신위성 덕분에 이 말이 생겼답니다. 통신위성을 통해서 먼 나라 소식도 텔레비전으로 볼 수 있고, 또 마치 옆에 있는 것처럼 통화도 할 수 있잖아요. 한 사람의 아이디어가 세상을 이렇게 바꿀 수 있답니다.

클라크의 엉뚱한 상상력은 멈출 줄 몰랐어요.

"미래엔 사람들이 컴퓨터에게 말을 걸 수 있을 겁니다."

"아서 클라크 씨의 명성은 잘 알고 있습니다만, 이번에는 진짜 믿을 수 없군요."

클라크는 사람들의 말에 아랑곳하지 않고 자신의 생각을 계속 말했습니다.

"그뿐만이 아닙니다. 앞으로는 컴퓨터끼리 연결해서 세계 모든 사람들과 서로 말과 생각을 주고받을 수도 있어요."

"네에? 어떻게 그렇게 멀리 있는 사람들하고 얘기를 할 수 있어요?"

1974년 미국의 한 방송에서 클라크는 컴퓨터가 가져다 줄 새로운 세상에 대해서도 예측했지요. 그때 컴퓨터는 집채만 하고 가격이 너무 비싸서 일반 사람들은 가질 엄두조차 내지 못했던 시절이에요. 이 아이디어가 바로 요즈음 우리늘이 잘 활용하는 인터넷이랍니다. 인터넷의 아버지로 불리는 '팀 버너스 리'는 클라크의 소설을 읽고 인터넷을 개발하게 됐다고 말한 적이 있어요. 한 권의 소설이 세상을 이렇게 바꾸었습니다. 대단하지요?


**삶아 있는 외계 생명체를 만나고 싶은데…**

클라크가 예측해 실현된 것으로는 우주 정거장도 있고요, 핵추진 우주선도 있어요. 클라크는 늘 우주에 대해 알고 싶어 했고, 우주를 사랑했답니다. 그가 쓴 과학 소설에 수많은 외계인이 등장해요. 클라크는 죽기 1년 전에도 이렇게 말했지요.

"내 소원 중 첫 번째는 외계 생명체를 한번 보고 싶은 것인데….”

여러분은 외계 생명체에 대해 어떻게 생각하세요? 하늘을 보면 수많은 별이 있지요. 어느 별에선 지구처럼 생명체가 살고 있지 않을까요? 클라크 는 인간이 언젠가는 외계 생명체를 만날 수 있다고 믿었어요. 그 외계 생명 체가 인류를 공격하면 어떻게 하느냐는 질문에 클라크는 이렇게 답했지요.

"외계 생명체가 우리를 먼저 찾는다면 그 생명체는 우리보다 뛰어난 문명 에서 살고 있을 것입니다. 그렇다면 다른 생명체를 공격하지는 않을 거예 요. 서로 사랑하지 않고 서로를 죽이는 생명체는 스스로 멸망하기 때문에 뛰어난 문명을 결코 만들 수 없습니다.”

**우주 엘리베이터도 만들고, 다이아몬드 복제도 가능해요**

아서 클라크는 죽기 전에 미래에 대해 많은 이야기를 남겼습니다. 머지않 아 인공위성까지 올라갈 수 있는 우주 엘리베이터가 만들어질 것이라든가, 곧 우주 여행도 가능하다고도 했지요. 인간만큼 뛰어난 인공 지능 로봇이 탄 생해 인간과 함께 지구를 다스린다는 이야기도 했고요. 다이아몬드나 상어 알 등 모든 것을 복제하는 복사기가 나올 것이라는 예측도 했답니다. 이런 예측이 모두 이뤄진다면 앞으로 우리가 만나게 될 미래는 무척 흥미로울 거

예요.

아서 클라크는 인류에게 새로운 미래를 앞서서 보여 준 공로도 많은 상을 받았습니다. 그리고 2000년에는 영국 왕실에서 그에게 기사 작위까지 수여했답니다.

**소설가였지만 세계적인 과학자이기도 하지요**

어러분, 아서 클라크는 엉뚱한 이야기를 그냥 지어낸 것이 아닙니다. 그

는 뛰어난 과학 소설을 쓰기 위해 죽을 때까지 많은 공부를 했답니다. 영국의 다이애나 황태자비가 아서 클라크에게 눈으로 볼 수 없는 미세한 세계의 물리 법칙을 설명하는 '양자 역학'에 대해서 설명해 달라고 요청할 정도로 실력을 인정받은 과학자였지요.

또 방송 프로그램에선 세계 최고의 물리학자이자 천문학자인 스티븐 호킹 박사, 칼 세이건 박사와 우주에 대해 이야기할 만큼 여러 방면에 해박한 지식도 갖추었죠. 클라크는 '영국 행성간 협회' 회장을 두 번이나 했고, 미국 항공우주학회 명예 회원이기도 했습니다. 그의 엉뚱한 아이디어는 이처럼 공부를 많이 한 덕분에 나올 수 있었고, 새로운 세상을 창조하는 밑거름이 되었답니다.

다음 표에서는 클라크가 정리한 인류가 예상한 것과 그렇지 못한 예들을 설명하고 있어요. 클라크는 인류가 예상한 것이라도 아직 실현되지 않은 것들은, 곧 실현될 것으로 보았습니다. 여러분은 클라크가 예측한 것 가운데서 어떤 기술이 나올 것으로 예상하나요?

## 인간 상상력의 한계와 엉뚱한 발명

| 인류가 예상하지 못한 것 | 인류가 예상한 것 |
| --- | --- |
| 엑스레이 | 자동차 |
| 라디오, 텔레비전 | 비행기 |
| 전자 공학 | 스팀 엔진 |
| 사진술 | 잠수함 |
| 녹음 기술 | 우주선 |
| 양자 역학 | 전화기 |
| 상대성 이론 | 로봇 |
| 트랜지스터 | 살인 광선 |
| 분자 증폭기, 레이저 | 돌연변이 |
| 소진도세 | 인조인간 |
| 원자 시계 | 영생 |
| 방사선 동위원소 분석법 | 투명인간 |
| 지구를 둘러싼 방사능을 가진 층, 밴앨런대(Van Allen Belts) | 순간 이동 |
|  | 텔레파시 |

# 아름다운 자연을 물려주려고 노력한 레이철 카슨

　이번에는 새로운 미래를 창조한 미국의 해양 생물학자, 레이철 카슨을 소개하려고 합니다. 카슨은 1907년에 미국 펜실베이니아에서 태어났습니다. 어렸을 때부터 자연과 문학을 사랑했던 카슨은 어머니로부터 많은 가르침을 받았답니다.

　"엄마, 이 꽃 이름이 뭐예요? 엄마, 이 나무는 정말 신기하게 향기가 많이 나요. 이 벌레는 정말 귀엽게 생겼어요! 그런데 벌레 이름이 뭐예요?"

　"그래, 한 가지씩 물어봐야 대답을 찬찬히 해 주지. 근데 엄마도 모르는 게 있단다. 잠깐만 기다리렴. 곧 알려 줄게."

### 호기심이 많고 자연에서 뛰어노는 것을 좋아한 카슨

　카슨은 호기심이 아주 많은 소녀였지요. 그리고 자연에서 뛰어노는 것을 무척 즐거워했답니다. 어린 카슨이 꽃이나 나무 이름을 물어보면 어머니가 모르는 것은 백과사전을 찾아서라도 가르쳐 주었어요. 카슨이 어른이 되어서 자연 환경을 보호하는 데 앞장섰던 것도 어린 시절 어머니의 자연 사랑에 대한 가르침 덕분이었답니다.

　그때 대부분의 여성이 그렇듯이 카슨도 대학에서 문학을 공부했습니다. 그래서 대학에서는 영문학을 공부했지요. 그런데 어느 날 카슨이 우연히 라디오에서 나오는 얘기를 들으면서 인생이 바뀌게 되었답니다.

"생명은 이렇게 탄생하는 것일까요? 지구에는 얼마나 다양한 생명체가 살고 있을까요? 생물학은 생명이 있는 모든 동물과 식물에 대해 배우는 학문이에요."

카슨은 라디오에서 생물학이 무엇인지를 설명하는 것을 들었어요. 그 순간 카슨은 어렸을 적 자연에서 뛰어놀면서 보았던 수많은 동물과 식물을 생각했습니다. 자연을 공부할 수 있는 분야가 있다는 말에 카슨은 바로 생물학을 공부하기로 결심했지요.

## 대학에서 생물학 공부를 다시 시작했어요

1920년대에 미국에서는 여성이 과학을 공부하는 경우가 흔하지 않았어요. 취직이 된다는 보장도 없었고요. 그래도 카슨은 자신이 즐거워하고 보람을 느끼는 공부를 하기로 마음을 먹었답니다. 그래서 카슨은 대학에서 다시 생물학을 공부했습니다.

하지만 대학을 졸업하고 일자리를 구하는 게 정말 힘이 들었답니다.

"저는 생물학을 공부한 카슨이라고 합니다. 생물학에 대한 일이라면 뭐든 열심히 잘할 수 있습니다."

"글쎄요. 당신에게 맞는 일자리가 여기는 없는 것 같습니다. 미안합니다."

대학을 졸업한 뒤 과학을 공부한 여성을 뽑는 직장은 없었어요. 지금은 많이 나아졌지만 그때는 미국도 여성 차별이 심했답니다. 그래도 카슨은 포기하지 않았어요. 대학원에서 동물학으로 석사 공부를 마친 뒤 다시 도전을 했지요.

"카슨 씨, 해양 생물에 대한 글을 써 줄 수 있겠습니까?"

"네, 그럼요. 잘 쓸 수 있습니다!"

카슨은 대학원을 졸업한 뒤에 해양 생물을 관리하고 연구하는 어업국에서 일자리를 얻었습니다. 라디오 프로그램을 위해 다양한 해양 생물에 대한 글을 쓰는 일이었지요. 어렸을 때부터 글을 잘 썼고, 또 자신이 좋아하는 자연에 대해서 글을 쓰는 것이니 얼마나 좋아했을지 짐작이 되지요?

**세계 환경 운동의 역사를 바꾼 책, 《침묵의 봄》**

카슨은 어업국에서 일하면서 《바닷바람 아래》《바닷가》《우리를 둘러싼 바다》 등 많은 책을 썼습니다. 특히 많은 독자들의 사랑을 받았던 《우리를 둘러싼 바다》는 올해의 책으로 선정되기도 했지요. 카슨은 어려운 과학을

글로 쉽게 설명하는 사람으로 점점 유명해졌답니다.

세계적인 생물학자로, 또 환경 보호자로 이름을 떨치게 된 것은 카슨이 세상을 떠나기 2년 전에 펴냈던 책《침묵의 봄》때문이었답니다. 이 책은 세계 환경 운동 역사에 길이 남게 되었지요.

왜 그런지 이유가 궁금하지요? 당시 농부들은 해충을 죽이기 위해 논밭에 디디티(DDT)라는 화학 살충제를 뿌렸어요. 해충을 죽이면 벼농사가 잘되었기 때문이에요.

그런데 카슨은 디디티를 뿌린 뒤에 수많은 새들이 죽었다는 사실도 알았어요. 살충제가 벌레도 죽이지만 독성 때문에 주변의 동물들도 죽이고, 결국은 인간도 죽일 수 있다고 생각했답니다. 《침묵의 봄》이란 이렇듯 지구의

모든 생물이 죽어 이 세상이 조용해진다는 무서운 경고를 담고 있는 내용이
랍니다.

이 책이 나오자마자 살충제를 만드는 화학제품 회사, 정부, 과학자들이
카슨을 비난했습니다.

"카슨은 잘못 알고 있습니다. 농부 여러분 생각해 보세요. 해충을 죽이지
않으면 벼농사를 망칠 수밖에 없습니다. 그럼 식량이 부족해질 것이고, 우
리는 배고픔을 또다시 겪게 될 것입니다."

이런 비난에도 카슨은 흔들리지 않고 살충제의 위험을 계속 알렸습니다.
카슨을 더욱 힘들게 했던 것은 그의 건강이었어요.

"카슨 씨, 당신은 암 환자예요. 이대로 두면 위험힙니다. 수술을 받으셔야
해요."

암으로 고통을 받았지만 카슨은 자연과 인간이 함께 잘 살 수 있는 세상
을 만드는 노력을 멈추지 않았습니다. 비록 암 때문에 카슨은 《침묵의 봄》이
나온 지 2년 만에 세상을 떠났지만, 그의 노력은 시간이 지나면서 더욱 빛을
발했답니다.


### 우리의 욕심이 자연을 망치게 됩니다

미국 의회는 야생 동식물 보호법과 환경 보호법을 만들고, 1972년에는 살
충제 디디티의 사용을 금지했지요. 카슨의 용감한 고발이 세상을 바꾸었고,
새로운 미래를 창조한 것입니다.

## 초등학교 어린이들의 미래를 위한 싸움!

1993년 필리핀 법정에서의 일입니다. 원고는 '안토니오 오포사' 변호사, 피고는 당시 필리핀의 환경부 장관 '팩토란' 씨였어요. 오포사 변호사는 필리핀에서 유명한 환경 보호자이고 시민 운동가였지요.
이 법정 싸움은 어린이들 때문에 벌어졌답니다. 1990년대 초, 필리핀 초등학교에 다니는 어린이 43명이 오포사 변호사를 찾아가서 환경부 장관을 상대로 싸워 줄 것을 요청했지요. 많은 기업들이 숲에 있는 나무를 베는 데도 필리핀 정부가 그것을 막지 않았기 때문이에요. 어린이들은 숲이 없어지면 미래 후손들이 사라진 숲 때문에 고통을 당하게 될 것을 걱정했답니다. 그래서 오포사 변호사는 아이들을 대표해서 정부를 상대로 소송했고, 결국 필리핀 대법원은 오포사와 어린이들의 손을 들어주었지요. 대법원의 판결 내용은 다음과 같습니다.

### 환경 보호를 위해 앞장선 어린이들

"정부의 환경 보호를 청원한 아이들은 그들의 세대와 아직 태어나지는 않았지만 미래 세대를 대표하고 있다. 이 어린이들은 조화롭고 건강한 생태 환경을 요구하는 것은 의무라고 주장하고 있다. 대법원은 이들의 주장이 옳으며 모든 세대는 조화롭고 건강한 생태 환경을 보호할 의무가 있다고 판단한다."
오포사 변호사는 이 사건의 승리로 국제적인 스타가 되었지요. 필리핀의 미래 세대를 위한 투쟁, 환경법 전문 법조인 그리고 시민 운동가로 활동해서 2008년 국제환경법연구센터의 상을 받기도 했답니다.
환경 보호 시민 단체들의 뜨거운 지지를 받은 이 판결은 어린이들이 자신과 후손을 위해 정부를 상대로 싸운 귀중한 사례로 남았지요.

카슨은 죽기 1년 전에 라디오 방송국에서 다음과 같은 말을 남겼습니다.

"우리가 극복해야 할 대상은 자연이 아니라 우리의 욕심입니다. 자연을 파괴하면서 얻을 수 있는 것은 파멸입니다. 인류는 저 넓은 자연과 우주에서 한낱 작은 생물에 불과합니다."

자연을 사랑했던 카슨, 그는 우리 후손들에게 아름다운 자연을 물려주기 위해 많은 노력을 했습니다. 그 덕분에 우리는 좀 더 다양한 생물을 지킬 수 있게 되었답니다.

그런데 아세요? 지금도 수많은 생물이 인간의 분별없는 개발 때문에 지구 상에서 사라지고 있다는 사실을요. 여러분이 이제는 제2의 카슨이 되어야 할 때랍니다.

# 조선시대 미래학자 정약용

조선시대에 살았던 정약용 선생님도 미래학자랍니다. 왜냐하면 자신의 많은 상상과 생각들을 현실에서 실천으로 옮겼기 때문입니다.

### 백성들의 삶을 위해 일생 동안 공부한 진정한 미래학자

첫째로 경기도 수원에 있는 화성을 지을 때, 정약용은 지금으로 말하면 도르래에 해당하는 '거중기'를 만들어 무거운 돌을 운반하는 기계를 직접 설계하고 만들었지요. 성을 쌓으려면 무거운 돌을 많이 사용해야 하는데, 사람이 직접 나른다고 생각해 보세요. 무척 무거웠을 거예요. 잘못하면 크게 다칠 수도 있잖아요. 그런데 정약용의 거중기 덕분에 좀 더 쉽고 안전하게 성을 지을 수 있었답니다.

둘째로 정약용은 사회의 문제점을 고치는 데에도 노력했지요. 치료법이 알려지지 않아 많은 어린이들이 고통받거나 죽었던 홍역을 치료하기 위해서 《마과회통》이란 책도 지었어요. 그때 정약용은 홍역을 고쳤던 의원의 책을 참고하기도 하고, 중국에서 가져온 의학 서적을 보기도 했지요. 이 책 덕분에 수많은 생명을 구할 수 있었답니다.

또 정약용은 정부의 많은 관리들이 백성들이 잘 살 수 있도록 도와주지는 않고, 재산을 빼앗거나 사회 문제를 해결하지 않는 것에 대해서 무척 안타깝게 생각했습니다. 그래서 정약용은 《목민심서》를 지어 훌륭한 관리가 되는 방법 등을 알려 주었지요. 이 책은 지금까지도 청렴하고 유능한 관리의 모범을 보여 주는 것으로 유명하답니다.

　셋째로 정약용은 현실의 어려움에 굴복하지 않고 더 나은 세상을 꿈꾸었어요. 정약용은 이렇게 사회의 문제들을 해결하고 백성늘을 생각하는 데만 신성을 썼는데 조선의 많은 관리들은 자신의 욕심을 채우기 바빴습니다. 그런데 정약용은 그 때는 믿는 게 금지되었던 천주교를 믿었기 때문에 귀양을 가게 되었답니다. 18년 동안이나 유배지에서 외롭게 생활했지만 정약용은 몇 백 권의 책을 쓰면서 조선 최고의 학자가 되었지요.

## 더 좋은 세상을 만들려고 공부한 실학

　정약용은 더 좋은 세상을 만들기 위해 조선의 책뿐 아니라 중국의 서적이나 서양의 책들도 참고했습니다. 그가 공부한 것을 우리는 실학이라고 한답니다. 그때의 학문인 주자학에 도전해서 새로운 학문의 틀을 세우고 발전시켜 실제로 사람들의 삶에 유용한 정보를 주는 것을 실학이라고 합니다.

　이 세상에는 자신의 꿈도 이루고 그 꿈을 통해 사회를 발전시킨 많은 사람들이 있습니다. 우리는 이 분들 덕택에 지금 잘 살고 있지요. 여러분도 많은 문제점들을 풀어내서 새로운 미래를 만들 수 있기를 바랍니다.

# 문화와 지역에 따라서
# 다른 성장기를 보낼 수 있어요!

마가렛 미드(1901년~1978년)는 미국에서 태어나 카슨처럼 뒤늦게 전공을 바꿔 뛰어난 학자가 되었지요. 원래는 영문학과 심리학을 공부했는데, 인류학에 빠지면서 인류학 공부에만 집중을 했답니다. 나중엔 미국 자연사 박물관의 소장품을 관리하고 전시하는 큐레이터도 하고, 미국인류학협회 회장, 정신 건강을 위한 세계 연맹 대표 등을 맡기도 했답니다.

미드는 미국령인 사모아 제도를 여행한 뒤 《사모아의 청소년》이란 책을 썼는데, 이 책은 인류학 분야에서 최고로 인기가 있었답니다. 이 책에서 미드는 문화와 지역에 따라 청소년들은 다른 성장기를 경험한다고 말했어요.

"여행을 떠나 본 사람만 다른 나라의 문화뿐만 아니라 자기 나라의 문화도 풍부하게 이해할 수 있습니다."

### 곧 어린이가 이끌어 가는 세상이 와요

미드는 이처럼 다양한 생활 관습을 이해하는 것이 중요하다고 했습니다. 앞으로 우리가 어떻게 살 것인지를 예측하려면 우리의 문화를 보면 알 수 있지요. 어린이들이 어렸을 때 어떤 경험을 하느냐에 따라 어른이 되었을 때의 생활을 짐작할 수 있답니다. 우리 속담에도 '세 살 버릇 여든까지 간다.'는 얘기가 있잖아요. 그만큼 문화가 중요하답니다.

40년 전 《퓨처리스트》라는 잡지에 소개된 미드의 글을 보면 무척 흥미롭답니다. 미드는 그때에 어린이가 세상을 이끌어 가는 시대가 온다고 했거든요. 어린이가 어른을 이끌어 가는 세상, 상상이 되나요?

미드는 변화가 많지 않은 전통 사회에서는 어른이 사회를 이끌어 간다고 했어요. 어른은 경험이 많으니까요. 그러나 변화가 아주 많은 시대에서는 과거 경험이 그다지 중요하지 않답니다. 늘 새롭게 변화를 하니까요. 그래서 자식들이 부모보다는 친구들과 더 밀접한 관계가 될 수도 있지요. 엄마 아빠는 변화를 따라가지 못한다고 생각하기 때문입니다.

**여행을 통해 관습과 문화적 차이를 배울 수 있어요**

요즈음 우리 사회도 빠르게 변화해 가고 있습니다. 어린이들이 변화에 잘 적응하기 위해서는 책상에 앉아서 공부만 하는 것보다는 부모님과 여행을 자주 가는 것도 좋습니다. 여행을 통해 지방마다 다른 문화적 특색이 있고, 나라마다 관습과 문화적인 차이가 있다는 것을 스스로 깨달을 수 있기 때문입니다. 그래서 미래에 대한 변화와 창의적인 생각을 즐겁고 재미있게 할 수 있도록 엄마 아빠가 도와주어야 합니다.

# 미래 연구는 면역주사와 같아요!

이 책을 쓰는 과정에서 선생님의 아들인 찬우가 많은 도움을 주었습니다. 함께 토론도 하고, 기획에 대한 얘기도 나누었지요. 무엇보다도 어린이들의 눈높이에 맞는 미래 이야기를 구성할 때 많은 도움을 주었답니다.

선생님은 찬우가 태어나던 2003년에 처음으로 미래학에 관심을 갖게 되었습니다. 갓난아기를 보면서 문득 이런 생각이 들었지요.

'찬우는 100년 뒤인 2103년을 볼 수 있겠지. 그때는 사람들이 어떻게 살고 있을까?'

선생님은 볼 수 없는 100년 뒤의 모습이 정말 궁금했어요. 찬우가 어른이 될, 30년 뒤의 미래도 알고 싶었고요. 찬우의 자식들이 어른이 될 60년 뒤의 미래도 궁금했지요. 왜 궁금했냐구요? 이들이 나보다 좋은 사회에서 살아야 할 것 같은데, 그렇게 되지 않을까봐 걱정이 되는 거예요. 아마 모든 부모들이 이런 걱정을 하실 겁니다. 그래서 자연스럽게 미래를 공부하고 싶었지요. 선생님이 미래학을 공부하러 미국 하와이로 떠난 것은 이 때문이랍니다.

찬우는 어느덧 13세 소년으로 자랐고, 이제는 아버지와 미래학에 대해 토론도 합니다. 하루는 찬우가 이런 말을 했어요.

"아빠, 저는 지금 마치 녹고 있는 얼음 위에 간신히 서 있는 것과 같아요. 저는 그 위에서 중심을 잡으려고 무척 노력을 하고 있어요. 그런데 아빠가 하는 미래 연구는 제가 딛고 서 있는 얼음이 녹고 있는 것을 상상해 보라고 하는 것과 같아요. 이렇게 그 위에서 간신히 힘들게 버티고 있는데, 그것이 없어진다는 것을 상상하라니…."

다양한 미래를 상상하다 보면 때로는 불편할 수 있고, 불안해질 수도 있습니다. 하지만 미래를 연구한다는 것은 면역주사를 맞는 것과 같습니다. 면역주사를 맞고 처음에 균이 우리 몸으로 들어와 세포와 싸울 때에는 조금 불안한 마음이 듭니다. 그러나 그 균과 싸우면서 면역이 생기면 우리는 건강해질 수 있답니다.

미래 연구도 마찬가지입니다. 다양한 미래를 미리 상상해 보고 토론하다 보면 미래에 대한 면역이 점차 생기게 될 겁니다. 그래서 어떤 미래가 우리 앞에 다가와도 적응할 수 있는 준비를 할 수 있습니다. 그러면 여러분은 미래를 훨씬 더 재미있게 살 수 있겠지요.

이제 여러분과 함께했던 미래 여행이 끝났네요. 면역주사를 맞은 기분이 어떤가요? 이젠 여러분이 우리 사회의 미래를 위해 면역주사를 놓아 주는 의사가 될 차례예요. 준비됐나요?

명주어린이 시리즈 07

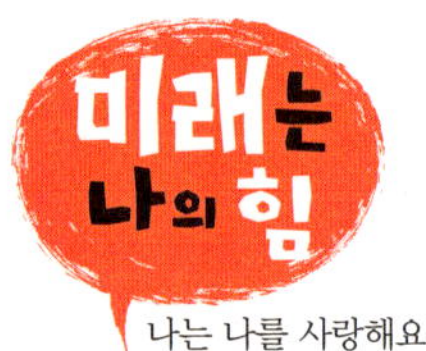


초판 1쇄 발행 | 2015년 5월 7일

글 | 박성원
그림 | 최은영

펴낸이 | 손경애
펴낸곳 | 도서출판 명주
기획 · 편집 | 손경애
디자인 | 은디자인(김은경 · 배민주)
출판등록 | 2011년 7월 20일(제 301-2013-083)
주소 | 서울특별시 중구 을지로 3가 을지빌딩 별관 404호
전화 | 070-7565-6670
팩스 | 02-6008-5666

ISBN  978-89-6985-007-2 74180
ISBN  978-89-6985-000-3(set)

ⓒ 박성원, 최은영 2015

정가 12,000원

* 잘못된 책은 바꾸어 드립니다.

이 도서의 국립중앙도서관 출판시도서목록은(CIP)
CIP 홈페이지(http://seoji.nl.go.kr)와
국가자료공동목록시스템(http://www.nl.go.kr/kolisnet)에서
이용하실 수 있습니다.
(CIP제어번호: CIP2015010627)